미얀마, 깊고 푸른 밤

미얀마, 깊고 푸른 밤

초판 1쇄 발행 2021년 11월 15일

지은이 전성호
펴낸이 강수걸
기획실장 이수현
편집장 권경옥
편집 오해은 김리연 신지은 윤소희 강나래
디자인 권문경 조은비
경영지원 공여진
펴낸곳 산지니
등록 2005년 2월 7일 제333-3370000251002005000001호
주소 부산시 해운대구 수영강변대로 140 BCC 613호
전화 051-504-7070 | 팩스 051-507-7543
홈페이지 www.sanzinibook.com
전자우편 sanzini@sanzinibook.com
블로그 sanzinibook.tistory.com

ISBN 978-89-6545-763-3 03810

미얀마, 깊고 푸른 밤

전성호 산문집

산지니

저자의 말

    나는 나의 삶이 일생 동안 떠도는 일이 될 것이라 생각한 적이 없다. 하지만 뒤를 돌아보니 내가 지나온 궤적이 지구촌의 거의 모든 위도와 경도를 가로질러 왔음을 깨닫게 되었다. 나의 궤도는 부산 인근의 양산 서창에서 시작해 미얀마 양곤의 미야오클라란 지명에 주소를 두고 있으니 더 무슨 말을 보탤 수 있겠는가.

  끝없이 밖으로 떠도는 별들은 본능적으로 고향을 향해 움직인다고 한다. 횔덜린의 말이 아니더라도 나는 귀향을 완료하지 못한 떠돌이다. 떠돌이들의 눈은 외로움을 보는 눈이다. 밖에서 안을 보는 눈인 셈이다. 광각의 렌즈로 접사의 셔터를 눌러야 하는 자의 '바라다보기'가 이 글이 되었다.

  20년 넘게 미얀마에 살면서 '한 발 더 깊이' 나의 새로운 고향을 들여다보고자 많은 곳을 찾아다녔다. 그래서 이 글들은 미얀마와 우리가 처한 딜레마를 함께 읽어 보는 르포와 칼럼이 되기도 했다. 한 가지 거기에 덧붙이자면 뒤늦게 시를 쓰며 생겨나는 무수한 정념과 사유를 내가 쓰는 모든 글에 더한 것 정도다.

나는 지난 20년 동안 몇 세기를 건너온 것처럼 아득한 느낌에 사로잡힐 때가 많다. 미얀마와 우리가 겪는 크고 작은 현대 정치사와 역사적 격변 그리고 그 모든 것을 휩쓸고 가는 문명의 폭풍 등이 내 '아득한 느낌'의 원인이다.

나는 핵을 둘러싼 한반도의 긴장과 강대국들의 이해를 '상인의 눈'으로 보았고 미얀마의 군부독재와 쿠데타와 무장한 소수부족의 충돌을 역시 '상인의 눈'으로 보았다. 그러나 나의 바라다보기는 여기서 끝나지 않았다.

나는 끝없이 나와 내가 속한 세계의 문제에 대해 질문하지 않을 수 없었다. 왜 한국은 70년이 넘도록 '전쟁 상태'를 벗어나지 못하는가? 그렇다면 나의 운명은 나의 것이 아니라 아메리카, 러시아, 중국, 일본과 같은 힘센 국가들의 것이란 말인가?

나는 나란 무엇인가? 주체란 무엇인가? 민족 혹은 국가란 무엇인가? 유치원생처럼 끝없이 묻고 또 물었다. 종국에 내 물음은

'인간이란 과연 선한 것인가? 살 만한 가치란 정말 존재하는 것인가?'로 귀결되었다. 나의 글은 어떤 형식이든 이 물음들과 분리될 수 없다.

나는 모태신앙을 가진 기독교인이자 시인이며 상인이다. 나는 내 삶의 형식과 내용을 통해 얻은 모든 질문을 종교적 믿음으로 환원시킬 마음이 없다. 기도와 일상이 그 처절함에서 크게 다르지 않다고 느껴지기 때문이다. 그래서 나는 질문과 믿음 사이에서 자유로워지기를 원한다.

그러고 보니 내 시의 근원이자 종교의 근원이고 가난의 근원이었던 어머니가 계셨다. 나는 내 모든 질문을 받아줄 어머니께 내 생애 최초의 산문집을 바친다.

차례

1부

은밀한 시선

나일론 목줄을 맨 채

사람과 차량들 소란한 길가에서

풀을 뜯는다 돼지들

지렁이를 파먹는지

코를 땅에 박은 채 콧김을 날린다

볼품 없는 꼬리를 까불대다

눈을 맞춘다

아, 같은 시간 같은 곳에 우리는 서 있구나

먹거리 찾아 헤매는

너와 나는 마찬가지

속엣말 삭이며 살을 찌운다

바쳐질 곳 모르기 너와 나의 살

숨통도 없이 주둥이 내밀며 웃는 돼지야

저물녘 다가오는 어둠을 아느냐

—「미얀마 양곤」 중에서

○
은밀한 시선(1)

　　축 늘어진 티크 나뭇잎들이 나를 바라본다. 이런 교란은 의인화의 문제가 아니라 사물과의 교감의 문제다. 불현듯 두 개의 시선이 내 몸 안에서 동시에 고개를 든다. 때론 암벽같이 딱딱해지는 심리적 경직이 다수의 시선이나 겉치레에 길든 내 껍데기를 확인하는 순간이 있는데, 이렇게 감각이 어긋난 순간 그런 내면의 혼란이 일어나 알 수 없는 곳으로 나를 이끌어간다. 어떻게 살아왔지? 갑자기 자기 확인의 의문이 강하게 스쳐간다. 아무런 준비도 없이 그런 인지 상황이 벌어진다. 폐와 간이 상해 끊었던 담배와 술이 간절해진다.

　나는 나를 묶고 있는 '먹고 사는 일'의 굴레를 회의하지 않았다. 그것은 굴레이자 흩어지려 하는 내 무의미한 일상의 절대적 형식이었기 때문이다. 나는 내 삶의 무의미함에 충분히 길들여져 있었으며 크게 불편해하지 않았다고 믿고 있었는데 왜 느닷없이 균열이 온 것인지 알 수 없다.

　'생산적이고 의미 있는'이란 내 일상의 강령을 의심하는 것은 하나의 위기인데 그 원인을 알 수 없으니 답답한 노릇이다. 100명이 넘는 '코리안 패션'의 직원들과 옷을 파는 숍의 30여 명 넘는 직원들 그리고 중동과 한국과 미얀마 전역에서 찾아오는 바이어들과 도매상들, 비즈니스를 위한 오더와 생산은 전혀 문제없이 잘 진행되고 있는데 무엇이 문제란 말인가.

심지어 400여 평이 넘는 직사각형의 숍 앞 도로는 미야오클라 로터리로 이어지는 큰 도로인데 어느 날과 다름없이 아스팔트가 펄펄 끓어오르며 매캐한 햇살을 튕겨내고 있다. 전선에 앉아 있는 살찐 비둘기 떼, 하늘로 층층이 넝치를 쌓아 올리는 우기의 뭉게구름, 창가를 가득 채우며 자라 오른 무화과, 함석지붕을 두드리고 가는 스콜의 굵은 빗방울까지 나를 둘러싼 풍경에 아무런 이상 징후도 발견되지 않는데 갑자기 찾아온 무력감과 무의미한 감각이 나를 놓아 주지 않는다.

삶의 의미는커녕 지금껏 의미조차 눈치채지 못하고 쏟아 놓던 잔소리와 성가시고 불편했던 주문들에 나는 걷잡을 수 없는 감정을 쏟아 놓고 싶어졌다. 나의 분노는 어떤 대상을 향한 것이 아니라 나 자신을 향해 날을 세우고 있었다. 나는 나 자신에게 까닭 모를 분노를 느끼고 있었다. 스스로 만들어 왔던 내 견고한 '생산과 의미'에 화를 내고 있었던 것이다. 무엇 때문일까?

나는 곧 그 원인을 찾아낼 수 있었다. 나는 나 자신을 의심하고 있었다. 내가 지상에 이루었다고 하는 일의 무의미함에 치를 떨고 있었던 것이다.

쏟아지는 빗방울과 햇살 속으로 뛰어들고 싶었다. 유년의 허기진 밭두렁과 빨간 티크 잎사귀가 겹쳐지면서 내 목마름의 근원이 무엇이었는지가 생생하게 기억났다. 나는 어딘가에 있을 나만의 유토피아로 떠나고 싶었으며 그곳을 찾아가기 위해 평생을 떠돌았다.

한때 대기업의 상사맨으로 의류 오더를 받기 위해 이탈리아와 독일의 바이어들과 머리를 싸매기도 했다. 그 후 개인 사업(무역)을 위해 누룽지와 가스버너와 작은 고추장 단지를 끼고 러시아로 헝가리나 폴란드로 아프리카로 페루로 사할린으로 끝내 이곳 미얀마에 이르렀다.

그러나 내가 20년째 머물고 있는 이곳은 유토피아라기보다 그 반대의 디스토피아라 불러야 하는 곳이었다. 60년이 넘게 계속된 군부통치와 불교와 습합된 낫신(무속신)이 지배하는 기묘한 대지였다. 세계 최빈국의 가난과 잔인하고 가혹한 군인들의 통치가 사람들을 늪 같은 무기력으로 이끄는 고요한 배반의 땅이었다.

나는 여전히 자유롭지 않았으며 탈주가 끝나지 않았음을 깨달았다. 갑자기 찾아온 혼란과 목마름과 유년의 환영은 모두 결코 끝날 수 없는 탈주 욕구 때문이었다. 70이 넘어도 끝나지 않는 갈망을 잠재울 길은 없다. 결국 나의 노래는 나의 절망이며 이제 귀와 눈이 어두워져 사라져 가는 세상이다.

내 덧없는 탈주에의 꿈을 뼈아프게 확인케 한 신경림 선생의

「사막」을 상재한다.

"갑자기 나는 사방이 낯설어졌다/늘 보던 창이 없고 창에 비치던 낯익은 얼굴이 없다/산과 집, 나무와 꽃이 눈에 설고 스치는 얼굴이 하나같이 멀다/저잣거리를 걸어도 뜻 모를 말만 들려오고/찻집에 앉아 있어도 알아들을 수 없는 말뿐이다/한동안 나는 당황하지만 웬일일까 이윽고 눈앞이 환해지니/귓속도 밝아지면서/죽어서나 빠져나갈 황량하고 삭막한 사막에 나를 가두었던 것이/눈에 익은 얼굴과 귀에 밴 말들이었던가.../비로소 얻게 되는 이 자유와 해방감/눈앞에 펼쳐지는 것이/또 다른 사막임을 내 왜 모르랴만"

길 위를 떠도는 것은 어딘가 도달할 곳을 찾는 것이 아니라 '떠돎' 그 자체임을 겨우 인정하게 된 이국의 밤이다. 그러나 내 노년의 사랑인 쎄인빠 핀 미얀마는 군부 쿠데타가 진행 중이며 젊은 육신들이 사자처럼 울부짖으며 자신들의 대지에 피를 흘리고 있다. 그곳이 내 슬픈 미얀마, 나의 유토피아다.

○

은밀한 시선(2)

정원의 작은 물웅덩이 속에 30마리도 넘는 비단잉어들이 헤엄을 친다. 수면으로 떠오르는 색색의 빛깔들이 현란하다. 그러나 이렇게 눈길을 사로잡는 매혹을 '번뇌의 무늬'라고 했던 수행자도 있었다. 세상은 이 작은 물속의 빛깔들처럼 화려하고 매력적인 것들로 가득해서 잠시도 눈을 뗄 수 없는 그런 곳인지도 모른다. 그래서 젊은 수행자는 이 '찬란한 세상의 빛'을 차라리 마음이나 몸을 괴롭히는 노여움이나 욕망 따위의 망념이라 했는지도 모른다.

집착과 이끌림을 일으키게 하는 것들은 대부분 매혹적인 빛깔을 지녔다.

나는 미얀마 전역을 돌아다니면서 곳곳에서 수많은 미인들을 보았다. 그중 산정 호수로 유명한 인레에서 양곤으로 귀환하기 위해 헤호 공항으로 오는 길에 만났던 풍경은 오랫동안 잊히지 않는 것이었다.

나는 그곳에서 고갱의 그림에서 보았던 '타히티 여인'들을 보왔다. 검고 긴 머리를 물에 감으며 목욕을 하는 두 여자와 두 남자가 그들이었는데 수련이 가득 핀 물가에서 두 곳만 가린 아름다운 남녀가 서로 머리를 감겨주며 목욕을 하는 모습이 천국의 한 장면처럼 아름답고 자연스러웠다. 풍경과 하나가 된 그들을 옭아매는 그 무엇도 보이지 않았다. 타인의 시선으로부터 '완벽히 자유로운 신체'. 그들은 막 화면 속에서 뛰쳐나온 신화 속의 사람들처럼 빛이 났다.

자연은 굳이 새로움을 추구하지 않는다는 럭셔리 사진작가 앙리 까띠에르 라뗑의 언급이 아니더라도 그들은 있는 그대로 새롭고 생명의 탄력으로 눈부셨다. 문명으로 오염되지 않은 원시의 낙원은 사라진 것이 아니라 여기 미얀마 시골 어느 물가에 이렇게 숨어 있었다.

미얀마 여인들은 목욕을 할 때 론지(어깨 상단부까지 몸 전체를 가릴 수 있는 펑퍼짐한 치마)를 입고 그냥 물속(대부분은 강이나 우물)에 들어가 몸을 씻는다. 에야와디강*을 따라 수백km를 달려도 이런 풍경은 바뀌지 않는다. 미얀마 사람들은 전통의상을 결혼식이나 축제, 성인식 등 특별한 날 주로 입는데 분홍, 하양, 노랑, 초록 원색으로 물들인 비단에 갖가지 무늬와 얇은 레이스를 멋스럽게 곁들이기까지 한다. 이들의 화려하기 그지없는 의상엔 연꽃과 금

---

* 에야와디강(Ayeyarwady R.): 길이 2,090km, 유역면적 41만 1,000km². 미얀마 북부 산지의 카친 지방에서 발원하여 말리강과 느마이강으로 갈라져 흐르다가 미트키나의 북쪽에서 합류. 미얀마 전통 문화의 중심지인 상(上)미얀마 건조지대를 흐른다.

빛으로 뒤덮인 불교식 판타지와 정복 왕조 시절의 영화가 고스란히 배어 있다.

특히 성인식 땐 말을 타고 출가하는 형식을 취하는데 어린 소년들을 왕자처럼 화려하게 꾸미고 그가 탄 말까지 호화로운 장식으로 꾸민다. 부모가 말고삐를 잡고 사원으로 이끄는데 머리 위엔 흰 레이스로 장식한 크고 둥근 우산이 씌워지고 말 뒤로 처녀들이 꽃을 들고 줄지어 행렬한다.

이같이 화려한 페스티벌은 인레 호수에서 벌어지는 '파웅도우 파고다 축제'가 압권이다. 해마다 9~10월이면 파웅도우 사원을 중심으로 18일간 인레 호수를 수놓는다. 해발 875m 높이에 폭 11km에 길이 22km에 이르는 이 산정 호수는 물위의 대형 농장에서 수경 재배되는 방울토마토와 오이 산지로 유명하다. 봄이면 노란색과 보라색 빨강색과 흰색 수련과 꽃들이 부레옥잠과 함께 수로를 뒤덮고 갈매기와 철새들이 날아와 낙원 같은 분위기를 이룬다.

이 호수의 젊은 어부들은 길쭉한 접시처럼 얇고 날렵하게 생긴 뱃머리에 서서 외발로 노를 저어 물질을 한다. 호수 주변에는 17개의 마을이 있는데 인따족, 빠다웅족, 샨족, 몬족 등 언어와 풍습이 다른 여러 종족들이 특별한 갈등 없이 모여 산다. 5일마다 각기 다른 마을에서 장이 서는데 언어와 의상과 풍습이 다른 소수부족의 사람들이 배를 타고 몰려와 수화로 물건을 사고파는 모습은 경이롭기만 하다.

9~10월이면 이 마을에서 선발된 젊은 외발잡이 어부들은 전통 의상을 입고 한 배에 15명가량이 탄 채 '흰타'라 불리는 거대한 황금 갤러웨이(이 배를 반야용선이라 부르기도 한다)를 끌고 마을을 순회한다. 흰타 가운데는 미얀마의 전통 타악기들이 배치되어 청년들이 외발로 젓는 노젓기에 힘을 보탠다. 이 축제는 호수에 얽힌 불교적 전설로부터 유래되었다.

거대한 봉황새인 갤러웨이를 타고 5명의 부처들이 인레에 도착했으나 부처 한 분이 그만 물에 빠져 축제 땐 그 한 명의 부처가 파웅도우에 남고 나머지 4명의 부처만 '흰타'에 타고 각 마을의 대중공양에 나선다. 축제의 규모가 크고 화려해 행사의 스펙터클함에 시선이 가기 쉽지만 살아 있는 인레의 속살을 보려면 좀 더 깊숙이 수로를 타고 들어가 보아야 한다.

특히 폐허가 된 인근의 옛 유적지 인데인을 둘러보다 보면 시간을 거슬러 또 다른 시간 속으로 들어서는 의외의 감동을 만날 수 있다. '폐허는 폐허를 결코 반성할 줄 모른다'는 김수영의 시구는 인데인과는 다른 맥락의 언어이지만 인데인에 들를 때마다 떠오르는 시이기도 하다. 한때 무성한 영화와 번성이 부서지고 몰락한 모습으로 눈앞에 펼쳐지면 누구나 시간의 무상함과 영속할 수 없는 존재의 허망하기만 한 도로를 느끼지 않을 수 없다.

인레를 적어도 10번 이상 방문한 나로서는 이곳이 참으로 익숙하고 정겨운 곳이지만 여전히 낯선 곳이기도 하다. 인레의 이름 없는 수로를 가다 보면 익숙한 곳에서 '한 발 더' 앞으로, 지금

선 안전한 자리에서 한 발 더 '깊은 곳'으로 발을 뗀다는 것이 얼마나 쉽지 않은지 깨닫게 된다.

그것이 설령 아름다운 것이든 진실된 것이든 옳은 것이든 심지어 성스러운 것이라 하더라도 '한 발 더' 내딛기 위해서는 뼈가 자라는 고통스런 비약의 순간이 있어야 한다. 내가 아는 진화의 순간은 그래서 언제나 종교적인 비의와 함께 온다. 135년 전 가족까지 버리고 남태평양의 타히티섬으로 떠난 고갱의 〈우리는 어디서 왔으며, 무엇이며, 어디로 가는가〉는 딸의 죽음과 자살 결심, 지워지지 않는 죄책감 속에서 탄생한 대작이다. 문명에서 멀리 떨어진 원시적인 자연에서 생명의 근원을 질문한 이 작품은 그 질문의 깊이만큼 종교적이다.

이미 내면화될 만큼 깊은 곳에 자리해 버린 미얀마의 아름다운 자연과 비극적인 상처들 위에 언제나 얼마간의 허무한 감상과 간절한 기도가 얹히는 것이 나의 경계인으로서의 삶이다.

그래서인지 나는 비를 좋아한다. 적어도 미얀마에선 재앙에 다름 아닌 비에 집착할 때가 많다. 40도에 달하는 타는 듯한 무더위와 뜨거운 대기들이 수분을 밀어 올려 하늘 가득 층층이 구름을 쌓아 올린다. 나무 기둥처럼 키가 자라는 구름들, 이윽고 폭포처럼 쏟아져 내리는 총탄 같은 빗줄기들, 나는 오랫동안 방치했던 LP판을 찾아 헨델의 메시아를 듣는다. 함석지붕을 거세게 두드리는 우기의 빗방울들과 함께.

○
부재하는 광채

　8월의 매미들이 울음을 터뜨리기 시작했다. 양곤의 하늘은 아직 몬순의 우기가 끝나지 않아 쥣빛 구름에 덮여 있다. 일 년의 반이 우기인 미얀마는 물의 나라다. 이때가 되면 에야와디(Ayeyarwady)의 대평원은 물바다가 되어 사람들은 작은 조각배를 타고 다니며 긴 대나무 장대로 물속에 모를 심는다. 그래서 우기가 시작되면 길거리엔 은으로 만든 '시주그릇'을 든 젊은 남녀 대학생들이 지나가는 차량과 행인들에게 도네이션을 호소하는 모습을 흔히 보게 된다. 이들은 그렇게 모은 돈으로 쌀과 음료수 일상용품들을 구해 수해지역으로 달려간다. 미얀마 인구의 94%가 불교도인 이 나라에서 기부는 가장 익숙한 행위다. 서로 돕고 사는 것이 상식인 미얀마 서민들의 세계는 어느 곳의 삶보다 따뜻하다.

　아직 안개가 가시지 않은 새벽, 붉은 가사를 두른 스님들이 부채와 시주그릇을 들고 맨발로 긴 대열을 이루며 거리를 걷는 모습은 이 나라를 대표하는 풍경 중의 하나다. 집집마다 대문 앞에는 여인들이 흰 밥을 지어 탁발에 나선 스님들의 시주그릇에 조심스럽게 담아 준다. 물론 길에서 사는 개들도 함께 시주를 받는다. 가까운 사원에서 흘러나오는 스님들의 독경소리(뻬에유떼)를 들으며 스님들과 집 없는 길강아지들에게 시주하는 여인들 뒤엔 사시사철 아름다운 쎄인빤과 남국의 꽃들이 피어 이 평화로운 아침 풍경을 완성한다.

미얀마의 따뜻한 자비는 스님들과 황금빛 파고다가 만드는 것이 아니라 이렇게 여인들의 정성이 가득한 모성이 함께 만드는 것이다. 빈곤과 군부통치의 사나운 위협, 해마다 반복되는 홍수 피해 속에서도 미얀마의 새벽 거리는 지구촌의 어느 아침보다 아름답다. 자전거 인력거와 가득 사람을 실은 라인 카가 벌써 거리를 매우며 출근길을 깨운다. 빵 굽는 시루에서 김이 올라오듯 서서히 끓어오르기 시작한다. 활기찬 새벽 거리를 볼 때마다 나는 칠레 시인 파블로 네루다의 「빵에의 오드」가 떠오른다. 그의 상상력 속에서 지구는 제빵사(노동자)들에 의해 매일 시루에서 부풀어 오르는 한 덩이 갓 구워낸 빵처럼 느껴졌던 것 같다.

지상의 승리에는 날개가 없다

(대신) 어깨에 빵을 달았다

(지상의 승리는) 용감하게 하늘을 날아오른다

이 세계를 자유롭게 하면서

바람 위에서 태어난

차를 타고 양곤강을 건너 1시간 30분쯤 거리에 있는 뚠떼 외곽 마을로 구호품을 싣고 갔다. 2,090km에 달하는 에야와디(이라와디로도 불림)강의 끝 마을은 안다만 혹은 벵골만이라 불리는 바다에 인접한 마을이다. 우리의 해남 땅끝 마을쯤으로 보면 된다. 뚠떼 대교를 지나 읍내에 해당하는 마을로 들어서자 예외 없이 황금빛 파고다가 구호대를 맞이한다.

한적한 바닷가 마을은 물이 휩쓸고 간 잔해들로 가득했지만 사람들의 표정은 그리 어둡지 않았다. 물이 빠진 바닷가엔 5~6마리의 누런 황소들이 다리를 접고 앉아 있는 모습이 인상적이었다. 부러져 나간 야자 숲 한쪽에서 새로 배어 낸 큰 통나무로 배를 만들던 청년들이 다가와 차에서 음료수 박스며 쌀 포대를 내려놓았다. 이 지역은 2008년 5월 대형 사이클론 나르기스가 왔을 때 마을 전체 주민이 물속에 수장되어 버린 곳이었다.

지금 살고 있는 주민들은 그때 이후 이주한 사람들이라고 했다. 열대성 저기압 사이클론 나르기스는 2008년 5월 3일 풍속 52.7m/s로 중남부 에야와디를 휩쓸어 버렸다. 2008년 5월 3일, 미얀마 인구의 절반이 거주하는 이라와디(Irrawaddy) 삼각주와 양곤 등 서남부 지방을 강타해 엄청난 피해를 주었다. 피해 직후, 5월 16일 공식 발표한 집계에 따르면, 사망 7만 7,738명, 실종 5만 5,917명으로 총 13만 3,600여 명이 희생된 것으로 밝혀졌다.

미얀마 최대도시인 양곤(당시 인구 4백만 명)에서는 가옥 2만 채가 파괴되었고 전기와 가스 공급이 나흘째 중단되었으며 수령 수백 년이 넘는 나무들이 이때 대부분 쓰러져 버렸다. 당시 집에서 잠을 자던 나는 둘레가 2미터가 넘는 담장가의 나무가 쓰러지며 지붕을 덮치는 굉음에 놀라 정신없이 밖으로 뛰어나왔다. 8마일 4차선 도로는 이미 물에 다 잠겨 버렸고 돼지들 몇 마리가 물을 피해 높은 곳으로 올라가 있었다.

　이 나르기스에 대한 기억은 88년 양곤 민주화투쟁 때 발생했던 대학살(3,000~10,000명으로 추정)과 함께 잊혀질 수 없는 상처로 남았다. 당연히 80년 5월 광주의 상처와 겹쳐진 이 기억들은 내 삶의 많은 것을 바꿔 놓았다. 국가와 통치 혹은 정책 담당자와 정책의 대상자들, 개인의 운명과 집단의 운명, 거대한 환경재앙 등의 문제들에 민감해질 수밖에 없었다. 내게 미얀마에서의 삶은 붉은 쎄인빤과 참혹한 학살 사이를 오가는 극단적인 것이었다. 하지만 피 흘리는 아픔은 여기가 끝이 아니어서 슬프기 그지없다.

○

동식물도 꿈을 꾼다
- 마스크, 손 씻기, 거리 두기를 넘어서

　　　　나는 고희를 넘기면서도 바른 이치나 진정한 즐거
움이 무엇인지 모르고 지내 왔다. 그런데 우연히 작년 4월에 데
려온 '설렘'이라는 꽃말을 가진 칼란디바를 통해 나는 많은 것을
배우게 되었다. 디바는 내 집 베란다 난간에 자리를 잡았다.

　나는 칼란디바에게 물을 주다가 누군가 나에게 매일 물을 주
고 정성스럽게 다듬어 준다면 나는 열심히 좋은 꽃을 피워 그에
게 보답하게 될 것 같다는 생각이 들었다.

　조건 없는 사랑이란 신의 은총과 같은 것이어서 디바는 금방
싱싱한 탄력을 뽐내기 시작했다. 디바가 변하는 모습을 보는 것
이 의외로 큰 즐거움을 준다는 걸 알았다. 햇빛, 산소, 바람, 온
도, 영양분은 디바에겐 자연이 주는 조건 없는 사랑이다. 나는 디
바의 이파리를 통해 자연의 깊고도 무심한 사랑에 감사했다.

　사랑과 감사가 오가는 찰나를 볼 수 있다는 것은 황홀한 느낌
이었다.

　제가 지닌 생명의 의지대로 자라고 달리는 동식물이 함께 공존

하는 소리가 들리는 듯했다. 놓치고 싶지 않았다. 생명의 연쇄는 산 것과 죽은 것의 경계를 자연스럽게 오가며 하나로 이어지고 있었다. 삶과 죽음의 순간들은 함께 생명의 바다를 건넌다.

생명의 저 너머에 머무르다 형태를 지어 도착한 지금 이곳, 바다는 생명 이전과 이후를 쉼 없이 출렁이며 노래한다.

그래서 생명이 오고 가는 지금 이곳에 빈 곳은 없다. 죽음과 삶, 투쟁과 화해, 억압과 저항, 모두 하나의 리듬으로 흘러가며 세계를 이루고 있다. 이것은 조용하면서도 거대한 운동이자 신비한 율동이다.

흔적 없이 불어 가는 작은 바람이나 소리 없이 다가오는 어둠, 귀 기울이지 않아도 들리는 밤새들의 울음소리, 고양이의 조심스런 발자국 소리, 남보랏빛 수국의 꽃잎 잦아드는 소리, 가로등 빛 속을 나는 작은 곤충들의 날개 소리, 다알리아의 잎사귀를 파먹는 민달팽이가 기어가는 소리, 나는 디바와 함께 그 소리 속에 머물러 있다.

나는 이 생명의 소리들 속에서 평생 처음으로 내가 외롭지 않다는 걸 깨달았다.

코비드-19가 준 놀라운 선물이다. 유명한 저술가이자 세계적인 석학인 재레드 다이아몬드는 지난 1,300년간 인류 운명을 바꿔 놓은 주범이 무기, 병균(바이러스), 금속이라고 직시한 바 있는데 어찌 그런 것들뿐이겠는가.

한 방울 안개 알갱이조차 생명의 오고 감에 참여한다는 것을 느끼지 못한다면 그는 한낱 오브제를 분류하는 편집자에 불과하다. 겨우 존재하는 것들이 껴안고 있는 커다란 생명의 율동을 느낄 수 있게 해 준 이번 코로나 사태는 나를 뒤돌아보게 하는 귀한 기회다.

자연 생태계의 권리는 결코 인간의 그것보다 사소한 것일 수 없다. 모든 생물은 자신의 생명을 이어가기 위해 자신만의 방법으로 움직인다. 그러므로 함부로 짓밟아 버린다면 당연히 응전할 수밖에 없다. 한낱 풀잎이라 하더라도 한낱 모기나 하루살이라 할지라도 살길을 찾아 날아오른다.

나는 고양이의 뼈가 일순간에 자라 오르는 비약의 순간이나 오리의 날개 속 털이 자라는 순간을 느낀 적도 있다.

인류의 탐욕은 오만에서 기인하는 것이다. 인간은 생태계의 생명들과 공존을 해 온 것이 아니라 그 반대의 행로를 걸어왔다. 인류세라고 불리는 금세기에 들어야 인간들은 겨우 자신들의 오만을 바라보기 시작했다. 하루가 다르게 심각해지는 기후변화는 생태계가 인간들에게 오만의 결과를 돌려주는 것이다. 코로나 바이러스 사태도 마찬가지다.

그동안 연구한 과학적 성과를 바탕으로 백신을 개발해 이에 대응하려 하지만 바이러스와의 전쟁이 세계 어디서도 완벽하게 해결되었다는 소식은 들리지 않는다.

자카리 쇼어 교수가 『생각의 함정』에서 지적한 대로 사람들은 자신의 내부에 자리한 '파괴적인 정신적 패턴'을 하루빨리 자각할 수 있어야 한다.

바이러스 백신 개발, 사회적 예방 매뉴얼, 거리 두기 손 씻기 마스크 쓰기 같은 대응이 영구적인 대안일 수 없다. 보다 근원적인 대안을 찾고자 한다면 우리는 우리가 소외시키고 파괴한 생명의 바다로 되돌아가야 한다. 돌아가 생명의 소리에 귀 기울이며 그들과 함께 하는 법을 깨달아야 한다. 내가 디바를 통해 나의 오만을 발견했듯이.

○
코끼리 감기

코끼리와 감기라는 두 단어의 조합은 왠지 잘 어울리지 않는다. 도대체 감기와 코끼리가 무슨 상관이란 말인가. 하지만 요 몇 년 사이 미얀마를 다녀간 사람들은 모두가 잘 아는 유명한 말이다. 사스나 홍콩 A형 감기 바이러스처럼 세계를 휩쓴 감기 이름은 아니지만 미얀마에선 그보다 더 맹위를 떨치는 이름이다.

미얀마에서 말하는 코끼리 감기는 일명 '치쿤구니아 바이러스'다. 코끼리가 바이러스를 옮기는 주범이냐 하면 그렇지도 않다. 감기는 모기가 옮기는데 이 감기로 인한 고통이 코끼리가 온몸을 짓누르는 것처럼 무겁다고 해서 붙여진 이름이 바로 코끼리 감기다.

한국에 "문틈으로 황소바람 들어온다"는 표현이 있지만 감기를 코끼리에 비유한 이 이름은 결코 과장이 아니다. 이 감기에 걸리면 다양한 증상이 나타나는데, 열이 나고 기침을 하는 보통 감기와 비슷해 보이지만 그것이 전부가 아니다. 열이 심하게 나는

가 하면, 두통, 피로, 근육통, 발진, 관절통으로 아파본 사람만 이 감기의 위력을 안다.

'코리안 패션'의 매니저로 근무하는 소대명(28)은 한동안 발목을 다친 사람처럼 절뚝거리며 걸어 다녀 왜 그러느냐고 묻자 코끼리 감기가 발목으로 와서 그렇다고 했다. 발을 땅에 디디려고 하면 칼로 베는 듯한 통증이 몰려와 온전히 걸을 수가 없다고 했다. 자신의 아버지는 손목으로 감기가 와서 자동차 키를 돌리지 못해 시동을 걸 수 없었으며 다른 친구는 손가락에 감기가 걸려 라이터를 켜지 못해 담배에 불을 붙이지 못했다고 했다.

나는 속으로 엄살이 심하다며 무심코 넘겨 들었는데 한 달 전 나에게도 역시 이 코끼리가 찾아왔다. 손목이나 발목이 아니라 온몸의 관절이란 관절은 모두 송곳으로 찌르는 것처럼 통증이 몰려와 아무것도 할 수 없었다. 급히 병원에 가 포도당 주사를 맞고 약을 먹었지만 전혀 소용이 없었다. 의사들조차 이 바이러스에 속수무책, 대책이 없다고 했다.

오직 시간이 흘러 코끼리가 지나가는 길밖에 없다는 것이다.

미얀마 사람들은 더러 코코넛 주스를 마시기도 하는데 큰 효과는 없다. 본래 코코넛은 포도당 주사 한 대 맞는 것보다 낫다는 속설이 있는데 이 또한 아무런 효과가 없다. 나는 온몸의 관절을 주무르며 모기의 덩치보다 수천 배는 더 큰 코끼리에 감기의 고통을 비유한 미얀마 사람들의 작명 솜씨에 거듭 공감을 하며 몇 년 전 아프리카 나미비아 에토샤 국립공원에서 마주쳤던

야생의 흰 코끼리를 떠올렸다. 거대한 그 코끼리는 무거움을 떠올리게 하기보다 오히려 신성함을 느끼게 하는 존재였다. 그런데 사파리 트럭의 몇 배에 달하는 그 코끼리가 빼빼 마른 내 몸을 짓누르고 있다고 상상하자 미얀마 코끼리 감기의 위력이 더 실감이 났다.

코끼리 감기에 걸리면 최소 2주는 잦은 통증이 있다. 길게 가는 사람은 2개월까지도 저리고 쑤시는 통증에 시달리기도 한다. 아무리 모기장과 각종 모기약으로 방비를 해도 엄청난 비의 양과 무더위가 뒤덮는 습기 많은 나라 미얀마에서 모기에 물리지 않고 지나가기란 불가항력이다. 미얀마를 찾는 여행객들은 부디 모기가 싫어하는 퇴치 약품을 꼭 지참하라고 권하고 싶다. 자존심이 유달리 높은 미얀마 사람들 대신 모기가 먹이는 '혹독한 한 방'을 피하려면 말이다.

○

노을 속으로 돌아오는
돼지들

나일론 목줄을 맨 채

사람과 차량들 소란한 길가에서

풀을 뜯는다 돼지들

지렁이를 파먹는지

코를 땅에 박은 채 콧김을 날린다

볼품 없는 꼬리를 까불대다

눈을 맞춘다

아, 같은 시간 같은 곳에 우리는 서 있구나

먹거리 찾아 헤매는

너와 나는 마찬가지

속엣말 삭이며 살을 찌운다

바쳐질 곳 모르기 너와 나의 살

숨통도 없이 주둥이 내밀며 웃는 돼지야

저물녘 다가오는 어둠을 아느냐

빈속에 찾아오는

허기보다 더한 것이 있겠느냐

옷을 벗듯 산다는 꿈 벗어나면

가끔 그믐 같은 길 함께 걸으며

양곤 8마일 차량도 없던 도로를 이야기하자

구름처럼 잠시 왔다 가더라도

먹거리 챙기기를 잊지 않는 네 눈에서

나는 붉은 노을 대신 눈물을 본다

꿍*을 씹느라 붉어진 침 내뱉는 주인 앞에서

눈망울 껌벅대는 돼지야

체리나무 붉은 꽃잎들 떨어져 도로를 수를 놓는데

엉성한 털가죽에 몸을 감추고 꿀꿀대며

나는 말없이 하나의 체제 속을 걷는다.

—「미얀마 양곤」 전문

　나는 타임머신을 타고 1960년대의 내 고향 시골 마을로 돌아
간다. 그곳에는 고달프고 황폐하지만 느슨하고 푸근한 공기가
고여 있다. 돼지를 길러 고등학교를, 소를 키워 대학을 가던 시절
을 떠올리며 나는 미얀마 거리를 아무런 긴장감 없이 어슬렁거리

---

* 꿍(꿍야): 빈랑나무 열매와 담뱃잎을 넣고 싸서 씹는 잎담배 일종이다. 처음엔 붉은색
이 아니지만 씹을수록 붉은 액체가 입안에 생겨난다. 오래 씹은 사람은 치아가 벌겋게
변한다. 씹어보면 처음엔 입안이 싸하기도 하고 조금 따끔거리기도 하지만 약간의 환각
작용을 일으킨다.

는 돼지들을 보며 웃음을 참는다.

이 나라의 젊은 남자들은 꿈을 꾸지 않는다. 오랫동안 지속되어 온 국경 폐쇄와 가난이 이미 하나의 체제로 굳어 버렸기 때문이다. 꿈을 꾸지 않는 젊은 남자들 앞을 돼지들이 아무렇지도 않게 가로지른다. 양곤 호텔 앞 아스팔트를 횡단하는 돼지는 작고 똘똘한 눈망울과 탄탄하게 빛나는 검은 몸을 가졌다. 그 등에서 반사되는 햇살이 손바닥보다 큰 티크 나뭇잎을 튕긴다. 소처럼 뜸베질 해 봐야 주둥이 처박는 것밖에 못하는 그들. 누가 저 둥글뭉수레한 덩치와 코를 보고 미련한 동물이라 했는가?

그들을 더럽다 혐오하는 사람도 있고 길몽을 주는 복스러운 존재로 여겨 반가워하는 이들도 있다. 그들은 비곗살로 출렁대는 외관으로 놀림을 받아 왔지만 뜯어보면 과한 칭찬을 받기를 원하는 생도 아니고 그렇다고 늘 쌜긋거리는 미소로 먹이를 위해 웃음을 파는 짐승도 아니다. 음식 찌꺼기 외에도 잡식을 하는 동물임을 부정하지 않는 그들은 그저 꿀꿀거릴 뿐이다. 달짝지근한 음식을 좋아하지만 특별히 음식을 가려 까탈을 부리지도 않는다. 심지어 죽어 제상에 오를 때마저 웃는 얼굴일 때가 많으니 이들의 일생을 말하기 쉽지 않다.

미얀마의 길거리를 오가는 것들은 개도 돼지도 닭도 사람도 흡족하게 먹어댄 흔적이 없다. 새까맣고 깡마른 체구로 그날그날의 먹이를 찾아야 하는 검은 몸들, 옷이라야 까무잡잡 낡은 털옷 한 벌, 그들은 자신의 둥근 똥배가 얼마나 돼지다운 것인지 잘 아는 존재 같다. 나는 그들을 볼 때마다 가진 재산이 없어 풍요롭고 행복한 저 편안하기 그지없는 둥근 몸을 갖고 싶다. 무성한 야자나무 잎사귀 지붕 밑 번설한 곳에 거주하는 여덟 명의 가족과 닭, 돼지 모두 열다섯 생명이 한 지붕 아래 산다. 식구들이다. 아이들은 벌거숭이 몸, 어른과 젊은이들은 헐렁한 셔츠에 팬티도 없이 치마 같은 론지*를 입고, 할 일 없이 늘어진 팔뚝으로 차를 마신다. 그들을 바라보다 보면 짠한 느낌보다 그래도 다복해 보이는 쪽으로 마음이 기운다. 그 까닭은 집안에 돼지가 있기 때문이다.

시내를 나가다가 돼지들을 가만히 바라보면 각이 없이 미련스럽게 보이지만 몸이 나처럼 길을 잃을 존재 같아 사뭇 반가워진다. 날이 밝으면 돼지들은 꿀꿀거리며 짧은 다리와 꼬리로 닭들을 깨우며 집 주위를 맴돈다. 그리고 아침 햇살을 온몸에 바른 채 태연하게 라마들처럼 탁발에 나선다.

대나무 울도 없는 집 아래층, 나가 봐야 사방이 그저 다 같은 밖이지만 그들에게도 나름의 질서가 있다. 맛바람이 불거나 비가 오면 거리로 잘 나가지 않는다. 그들에겐 숙제도 시험도 없고 등록금, 세금 걱정할 일도 없으니 궁상 떨 필요가 없다. 그러나 그들이라고 애상에 잠길 일 없을까.

그들이 하루 먹는 양이 많아 보이지만 사람이 먹는 양보다 적

---

* 론지: 미얀마의 전통의상으로 치마 형태의 일상복이다.

다. 또한 적당히 먹으면 먹지 않는다. 그들은 흙빛과 흙내를 좋아해 구린내 나는 남새밭도 마다 않고 후벼댄다. 때론 차들이 다니는 도로까지 나가 사람들의 눈총을 받기도 한다. 그럴 땐 수돼지가 뒤뚱발이로 앞장을 선다. 가끔 교통순경이 호루라기를 휙 불어도 아랑곳 없이 꼬리만 꼬아댄다.

70년 넘게 계속된 군부의 철권통치 그 억눌린 체제 속으로 녹아드는 노을, 저물녘의 향을 마시며 돼지들이 꿀꿀 집으로 돌아오는 양곤을 나는 떠날 수 없다.

○

늑대처럼 우는 개들

울음의 천성은 바뀌지 않는다

음음한 밤 골목에서 긴 울음이 터지면

다른 영역의 목청들도 덩달아 합창한다

귀신이 나타나 영매(靈媒)하시는지

살아 있는 모든 귀들이 긴장한다

저 울음 속

누군가가 버린 하루가 번란하다

호신법일까

짝 찾기와 영역 과시 표현일까

캄캄한 침묵을 마주하기가 지겹다

늑대와 개의 가운데쯤에서

개는 짖고 늑대는 운다

한낮에 잠자는 낮별처럼 보이지 않을 뿐

눈 감아도 귀가 깨어있어

새벽이슬 내리는 소리까지 듣는

거먕빛 영물씨

울타리보다 믿음직한 집지킴이

등교길 소년이 아파 헐떡일 때

옆에 쭈그려 앉아 함께 끙끙거리던 그들은

흔드는 꼬리가 입이다,

말이 필요 없는 마음이다

서로 이방인을 보아도 낯설지 않는

　　—졸시 「개울음」 고쳐 씀

　가을이면 감이 주렁주렁 열리듯, 미얀마에서는 4월이면 집집마다 망고나무에 망고들이 개불알처럼 늘어져 이국의 풍광을 실감케 한다. 10월부터 이듬해 6월까지 올망고와 늦망고가 열리는데 나무의 뿌리에 밉보인 것들은 자체 열매숨기로 영양 공급을 받지 못해 이르게 젖꼭지를 떼고 지상으로 낙명한다. 일찍 떨어지는 열매에 얻어맞기 싫어서일까? 망고가 열리기 시작할 때 개들은 망고나무 밑을 어슬렁거리지 않는다.

　개들의 생활을 보고 있으면 그들은 일찍 먹거리를 확보하기 위해 쓸데없는 영역 싸움이나 서열 싸움 같은 것을 접어 둔다. 싸우더라도 마지막 한순간까지 분전하며 겨룰 경우는 아주 드물다. 미얀마의 개들은 대부분 집에서 주인과 같이 살지 않는다. 집을 에워싼 노지나 공터의 으슥한 담벼락 밑에 아지트를 두고 살아간다. 지상 최후의 불교국가인 미얀마는 보시가 생활화되어 있다. 그래서 그런지 아침마다 스님들에게 음식을 공양하듯 개들에게 먹거리를 보시하는 모습을 쉽게 목격할 수 있다.

개들은 놓아먹이는 짐승이라 그런지 게으르고 버르장머리가 없다. 배곯고 지내는 날이 많아 대부분 말랐다. 개나 사람이나 보호받고 사랑해 주는 주인이 있어야 모든 것이 살맛 나는 것이라는 선입관은 미얀마에선 통하지 않는다. 그들은 주인에게 부용(附庸)되지 않는 삶을 산다. 척박한 환경이지만 자유롭게 살아가는 것이 산 것들의 본성임에 틀림없다. 그렇지만 그들은 준(準)야생의 자유로움을 포기하지 않으면서도 인간들을 아주 떠나지는 않는다. 결국 자기 생을 자신 스스로 결정하는 행복과 고통을 감내하는 셈이다. 그들은 풍족한 먹이보다 배고픈 은둔자처럼 은닉의 삶을 만끽하려는 것인지도 모른다. 그들은 일견 평화롭게 보이면서도 결코 근접할 수 없는 사람과의 거리를 유지한다. 새로운 세계를 받아들이기보다 자신들만의 방식을 견고하게 유지시켜 가는 것을 선택한 셈이다.

우리는 흔히 '개 같은 자식'이란 욕을 자주 사용하는데, 개는 사람처럼 자신의 이익에 몰두하는 잽싼 속물적 근성을 가지고 있지 않다. 그저 주인 외에는 믿음을 잘 주지 않는 충성스러움으로 사람과 함께하는 쪽으로 진화해 온 것이 조상부터 이어받은 명(命)일 텐데 미얀마의 개들은 그렇지 않다. 역진화가 진행 중인 것일까. 미얀마 개들은 야생과 길들여짐 사이에서 그들만의 영역을 새로 구축하고 있다.

바람이 나풀대는 풀숲, 야트막한 구릉과 언덕배기를 뒤져 먹이를 낚아채는 야생의 삶도 아니고 인간에게 충성을 바치며 곁에서 먹이와 안녕을 구하는 것도 아닌 그들은 햇살이 떨어지는 나무 그늘에 쭈그려 앉아, 삶의 난경을 벗어날 길을 궁구하면서 사람과 가까운 곳에서 살아간다.

그들의 짧고 닳은 털가죽을 보면 대충 나이와 무리에서의 서열을 알 수 있다. 낮에는 고린내 나는 쓰레기장을 뒤지고, 아무 데서나 낮잠을 자고, 더운 기온에 배슬거리는 눈초리를 하고 있지만 밤이 되면 달라진다. 빛이 스러지고 하늘이 어둠을 토해 내는 시각부터 눈에 힘이 맺힌다. 그들은 밤이면 목청을 다듬어 울음을 토해 내며 자신의 영역을 돌아다닌다. 떼를 지어 다니며 연분을 맺기도 한다.

양곤 도심의 개들은 늑대처럼 고개를 쳐들고 긴 목청으로 운다. 그들에겐 밤의 시간이 없다. 한밤중 골목에서 긴 울음을 날리면 다른 영역의 개들도 덩달아 목청을 뺀다. 도시는 갑자기 이상야릇한 분위기에 휩싸인다. 저들의 울부짖음은 단순한 짝짓기의 신호이거나 허기를 채우기 위한 전략 이상의 그 무언가가 있다. 그 울음 속에는 긴 공간을 입체화하는 울림이 있다. 애절함과 의지가 묻어 그 울음소리가 무엇을 향한 것인지 알고 싶다.

옛날 사람들은 개가 심하게 짖거나 울어대면 귀신이 가까이 왔다고 생각했다. 곧 어느 집에선가 초상이 날 거라 예측하곤 했다. 그래서 개 눈에는 귀신 혹은 저승 손님이 보인다는 속설을 믿곤 했다.

　어떤 동물보다 인간과의 관계가 깊다는 것을 남쪽 하늘 큰개자리와 작은개자리의 두 별자리만 보아도 알 수 있다. 개들은 공간 지각 능력이 뛰어나고 냄새를 잘 맡는다. 그리고 귀가 밝아 사냥용, 수생용, 경비용, 목양용, 애완용으로 길러지지만 양곤의 거망빛 개들은 사람에 의해 부육되지 않을뿐더러 경비용으로도 길러지지 않는다. 천덕꾸러기 취급을 받는 도심의 개들이 개체 수가 늘어나면 관계 당국은 독약을 놓는다. 약을 놓은 다음 날이면 게슴츠레 감긴 눈에 세상사 온갖 풍상을 담고 길거리나 숲속에 고개를 떨군 개들을 볼 수 있다. 그들 몸뚱이에 파리들이 윙윙거리면 청소차가 와서 어디론가 시체를 싣고 간다.

○

빗방울이 하늘로
올라간 뒤

폐기종이 찾아든 숲에서

한 잎 푸른 숨을 쉬기 위해

뱃가죽을 드러낸

물고기가 비늘을 뒤집는다

검은 별을 꿰뚫는 빼예이유떼*

고작 한 날이, 개미 같아서

두드려도 소리 나지 않는 북을 접는다

나는 결코 몸과 마음을 편히 쉴 존재가 아니다

더 이상 질문할 수 없는 것들

다 어디 있는가

---

* 빼예이유떼: 스님들의 독송. 미얀마의 사찰에선 매일 동네 스피커를 통해 붓다의 공덕
을 읽는다.

나는 두드리는 소릴 듣는 나뭇잎의 귀

때론 우리에 갇혀

내달리지 못하는 마음

국가 속에서

국가 없는 삶을

꿈꾸는 잠

내가 이룰 수 없는 것을 향해

사납게 칩떠보지 못한다면

먹이도 탁발도 없는 것

해 뜨면 무거운 발걸음

문을 나선다

그래도 아이들은 자꾸 태어나고

모힝가* 한 끼가

새로운 길을 걸으라 한다,

  ─「두들기는 소리를 듣는 북. 미얀마 ─ 상실과 소멸을 넘어」 전문

---

* 모힝가: 아침에 먹는 쌀로 빚은 국수이다.

가뭄에 물만큼 귀한 것이 있을까? 물이 마르면 어떤 물고기들은 땅속을 파고드는데, 미얀마의 '내삐마'라는 물고기는 옆구리와 꼬리의 힘으로 마른 도로를 내리치며 물 냄새를 찾아간다. 거무스름하고 손가락만 한 그놈이 기특하여 나는 그 물고기를 따라가 봤다. 정말 물 있는 곳을 찾을 수 있을까? 뛰다가 햇볕에 말라 죽지는 않을까? 손으로 집어 일찍 웅덩이에 데려다 줄까? 그 작은 몸을 가진 '내삐마'가 나도 모르는 물을 찾아 뛰고 있는 것이 신기하다. 리드미컬한 동작으로 등뼈와 꼬리를 비틀어 공처럼 튀어 오르는 내삐마, 위급한 상황을 벗어나려는 그 초월적인 의지는 누가 부여한 것일까? 미얀마 사람들은 낫(정령신)을 믿는다. 태어나면서부터 불자들인 그들의 본원적 목적은 내세를 위한 것이다. 그런데도 눈앞에 닥친 현재의 평안과 위급상황은 전통의 신인 낫이 지켜 준다고 생각한다. 세계 최대의 불교 국가에서 정령신 낫이 지배하는 사람들의 무의식이 왠지 익숙하고 친근하다. 점을 쳐 보는 것은 한국이나 미얀마나 마찬가지다.

미얀마 사람들은 가족 중 한 사람이 죽어도 크게 놀라거나 슬퍼하지 않는다. 내세관이 투철해서일까? 크리스천들은 망자를 땅에 묻지만 불교인들은 화장을 한다. 화장터에 망인을 인계하고 상주가 집으로 돌아올 때 웃고 오는 것이 이곳 미얀마의 풍습이다. 화장터까지 가는 관 뚜껑은 못질을 하지 않는다. 도착하면 관 뚜껑이 다시 열리고 흰 망사 뚜껑이 덮인다. 상주 또는 친했던 사람들이 마지막을 볼 수 있게 한 다음 본 뚜껑을 덮는다. 여자들은 화덕 가까이 갈 수 없다. 관이 화덕에 옮겨지면 모두 집으로 돌아온다. 화부들은 특별한 지시가 없는 한 그들 나름대로 이익을 챙긴다. 즉 상갓집 사람들이 다 돌아갔다 싶으면 망자를 금방 화장하지 않고 시체들은 더 모아 한 번에 화장한다. 기름값도 아끼고, 그 사이 금니를 뽑고 긴 머리칼은 잘라 밀거래한다. 죽은 사람의 머리칼은 염색이 잘 안 되기 때문에 값이 싸다고 한다.

화장시각은 대개 밤 2시경에 이루어진다. 화장 후 사리가 나오면 모아 놓았다 비싼 값으로 팔기도 한다. 가끔 한국 스님도 와서 사리를 부탁하고 간다고 한다. 사리가 신체 불구자 또는 몸을 많이 움직이지 않고 딱딱한 의자나 바닥에서 오래 생활하는 사람들에게서도 나온다고 한다. 석회질 물을 많이 마시는 미얀마 사람들에게 사리가 생길 확률이 많다는 것이다. 이 말이 맞는지는 모르겠지만 평범한 사람에게도 가끔 사리가 나온다. 사리를 미얀마 말로 '닷또'라고 한다. 닷또에는 희거나 붉거나 노란 것 이외에도 상앗빛을 띤 특이한 것도 있다. 화장한 다음 뼛가루는 YCDC(시청)에서 계약한 업자가 와서 긁어 모아 간다. 그는 거름을 하기 위해 골분을 갖고 간다지만 말끝이 흐린 것을 보면 또 무엇이 있음에 틀림이 없다. 세상은 망자를 떼어 놓듯, 산 사람을 갖고 놀다가 싫증나면 냉정하게 차 버린다. 이것을 눈치채지 못하면, 나의 존재는 누군가에게 의미가 되는 참삶을 살아갈 수가 없다. 즉 나를 다스리고 일으켜 세우는 열정이 멀리 떠나 버리는 것이다.

미얀마의 장례문화는 3일장 5일장이 있지만 대개 3일장을 치른다. 돈 있는 사람은 7일장도 치르며 스님(퐁지)을 여러 명 모시고 집에서나 화장터에서 떠들썩하게 판을 벌인다. 관은 주로 알루미늄 철재관을 대여받아 치르지만, 부자들은 값비싼 나무 관을 사서 사용한다. 화장터는 정해진 여러 곳이 있다. 양곤은 시내 외곽 쉐빠간 동네 무슬림 묘지와 중국 묘지가 있는 근처에 있고, 또 한 곳은 흘란따야를 지나 버스 종점 뒤쪽에 있다. 죽은 뒤 망자의 존재는 허무할지언정 한 생이 품었던 아름다운 가치는 시간과 공간을 초월해 높은 곳에 이른다고 믿는 사람들의 나라, 마음의 빛으로 새로운 곳을 찾아갈 것이라 믿는 산 자들의 기대는 현실 이상의 것이다. 상이 났을 때는 부조를 하지 않고 상주가 상을 치르고 난 다음 음식을 대접할 때 부조를 한다.

어딜 가나 사람들이 모이면 속설 같은 온갖 이야기들이 흘러나온다. 미얀마 역시 이런 속설들이 미신과 결합돼 수없이 많은 이야기를 만들어 내는 나라 중 하나다. 몇 가지만 예를 들면 몬순 때 하늘에서 황소 오줌 같은 비가 흘러내리면 그해의 건기 철엔 연못이 마르고 웅덩이까지 마른다고 한다. 깊은 계곡에서 나오는 돌 이야기인데, 이 돌 속에 무슨 강한 기가 들어 있는지, 이돌을 몸에 간직하고 있으면 총알도 뚫지 못한다고 한다. 냄새가지독하고 손바닥만 한 '코끼리씬'이라는 것이 습지 또는 늪에 사는데, 덩치가 큰 코끼리가 이 코끼리씬을 밟으면 바로 쓰러지거나 죽는다고 한다. 아예 코끼리들은 냄새로 코끼리씬이 있는 곳을 피해 다닌다고 한다.

모든 것이 사라지면 새로운 것이 태어나야 한다. 그럼에도 어빡자빡 몰개성의 미봉책 속에서 미얀마는 긴 등걸잠에 빠져 있다. 독불장군들이 통치하는 미얀마를 서구(특히 미국) 사람들은 양미간을 찡그리며 바라본다. 역내의 아시아 국가들은 미국과 중국의 눈치를 보면서 미얀마와 적절한 외교관계를 유지한다.

인도차이나반도 서북부에 위치한 미얀마는 1989년 6월, '미얀마사회주의 연방공화국'을 '미얀마연방공화국'으로 명칭을 바꾸었다. 다수종족인 버마족만이 기득권을 누릴 것이 아니라 소수민족도 똑같은 국민으로서 권리와 의무를 가져야 한다는 것이 이유였다. 미얀마연방공화국은 하나라는 단결과 상생의 의지가 개명의 명분이자 당위였다. 그러나 지금까지 소수민족과 정부는 불편한 관계를 모두 해소하지 못하고 있다. 나는 늘 미얀마의 종족 갈등이 종식되기를 기도한다. 지구촌 곳곳에서 계속되는 역내의 갈등과 분열 그리고 무력 충돌을 한 국가 안에서 겪고 있는 미얀마는 인류가 극복해야 할 마지막 딜레마를 앞서 견디고 있다. 우리는 미얀마의 이 지난한 과정을 잘 지켜봐야 한다. 중요한 해법과 새로운 가치와 방향이 여기서 찾아질 가능성이 크기 때문이다.

한반도의 3.5배에 이르는 광대한 영토를 가지고 있으면서도 "잠자는 땅은 있어도 집은 없다"는 미얀마의 가난한 사람들, 나대지도 아닌 길가나 버려진 습지에서 병균과 싸우며, 먹지 못한 채 병원치료를 기다리다 죽어 가는 빈민가의 사람들은 더 이상 참고 있지 않을 것 같다. 옥과 루비와 보석을 수출하는 자원대국이자 한때 전 세계 쌀 생산 1위 국가였던 미얀마가 세계 최빈국으로 전락해 굶주리고 있는 것은 현실을 언제까지나 참고 기다리지만은 않을 것이다. 미얀마의 오랜 군부통치와 종족문제에 모든 책임을 떠넘기기엔 민초들의 분노가 임계치에 이르러 버렸다. 자유를 억압하는 군부독재와 그 뒤에서 교묘하게 자국의 이해를 위해 작동하는 강대국들의 패권적인 국가주의는 위기를 맞이한 지 오래다. 무한 경쟁의 시장만능주의와 자본주의 신자유주의 이데올로기가 영원히 지구촌을 지배할 수는 없다. 미얀마의 문제는 사실 전 지구가 안고 있는 정치, 경제의 총체적 난맥상을 상징적으로 보여 주고 있다.

전 세계는 미디어 혁명 속에서 상호 호혜적인 공동체가 다 풍화되어 오직 나만이 존재하는 세계가 되어 버렸다. 하지만 미얀마는 21세기 자본주의 문명이 잃어버린 대지와 공동체의 가치를 아직 잃지 않고 있다. 미얀마엔 인간의 마음이 지닌 상호 호혜의 고귀한 빛깔이 고스란히 살아 있다. 모든 나라가 천천히 뒤를 살피며 새로운 세계를 찾아 자본주의의 미궁을 빠져나갈 준비를 하고 있다면 미얀마를 바라다보아야 한다. 미얀마는 그리스신화에 나오는 미인 헬레네만큼이나 신비롭고 아름답다. 그 이유는 자본이 지배하는 세계가 잃어버린 공동체 정신을 미얀마는 온전히 보존하고 있기 때문이다.

○
회귀성의 눈

연어의 일생을 모르는 사람은 거의 없다. 모천회귀! 자신이 태어난 곳으로 돌아가 일생을 마치는 연어의 일생은 장엄한 한편의 인생 드라마를 연상시킨다. 강원도 양양의 남대천에서 태어난 어린 연어는 알류산열도와 오호츠크해, 북태평양의 수만km를 헤엄치며 성장한 뒤 자신이 태어난 남대천으로 돌아와 알을 낳아 수정한 후 죽음을 맞이한다.

삶과 죽음을 한 장소에서 동시에 시작하고 끝맺는 이 수만 년 동안의 대장정을 보면서 우리는 어쩔 수 없이 우리의 인생을 '뒤돌아보지' 않을 수 없다.

노르베르 호지는 티베트의 라다크에서 『오래된 미래』를 보았다. 오래된 것들이 지나간 과거가 아니라 다시 시작될 미래라고 인식한 호지는 결국 우리에게 연어처럼 "뒤를 향한 근원으로!"라고 외치고 있는 셈이다.

내 근원에는 부산의 오륙도가 있다. 하늘과 바다가 맞닿은 수평선에 몇 개의 부호처럼 떠 있는 오륙도는 어디서 보느냐에 따라 다섯도 되고 여섯도 되는 특징 때문에 붙여진 이름이지만 내 근원에 아로새겨진, 지워지지 않는 풍경이기도 하다. 오륙도를 기점으로 왼쪽은 동해의 끝, 오른쪽은 남해가 시작되는 출발지다. 나는 어릴 때부터 이렇게 왼쪽과 오른쪽, 시작과 끝이 한눈에 보이는 곳에서 자랐으며 그것은 어느새 내 삶의 명제가 되어 버렸다.

나는 한국과 미얀마라는 두 개의 모국을 가지고 살아가고 있으며 치열한 생존 경쟁이 벌어지는 시장 속의 삶과 이를 뛰어넘으려는 시인으로서의 삶을 살아가고 있으니 이를 부인할 길은 없다. 그렇다면 나는 어느 곳으로 회귀해야 하는 것일까? 아니 회귀는 반드시 연어와 같이 한 곳이어야 하는 것일까.

축구선수 정대세는 일본에서 태어나 일본과 북한 그리고 한국 세 곳의 대표선수로 활동한 특이한 이력을 가진 선수다. 그는 "나의 조국은 남도 북도 일본도 아니다. 나의 조국은 분단되기 이전의 조선이다. 내 할아버지가 떠나온 그 조선의 하늘 밑이 나의 조국이다"라고 말했다. 그는 이곳이냐 저곳이냐, 이것이냐 저것이냐가 아니라 이곳도 저곳도 아닌 '다른 곳' 즉 나의 '근원' 이야말로 나의 조국이라고 그는 외치고 있다.

나는 정대세의 고민과 아픔 속에서 모천으로 회귀하려는 연어의 몸부림을 보았다. 한국에서 태어나 20년이 다 되도록 미얀마에서 살고 있는 나의 두 조국은 모두 나의 모천에 이르는 통로다. 나와 내 언어가 회귀하고자 하는 곳은 바로 내 목숨과 맞닿

은 '오래된 다른 곳'이다. 그곳엔 벚꽃 사이로 내다보이는 오류
도가 있으며 맑은 시냇가에서 매끄럽고 둥근 조약돌로 내 몸의
때를 벗겨 주셨던 어머니가 계신 곳이다. 우기의 빗줄기 속에서
피어오르는 쎄인빤의 붉은 꽃잎들이 흘러가는 양곤강이나 힘겹
게 자전거 바퀴를 굴리며 차량 사이를 빠져나가는 미얀마 인부
의 검게 탄 종아리 근육이 그곳이다. 신성하고 아름다운 빛과 땀
방울이 있는 곳, 사람이 사람을 희망이라 부르는 모든 곳이 내가
돌아가 죽을 나의 모천이다. 나는 오늘도 그 시작과 끝에 나의
기도를 바친다.

○

바람처럼 나를
멈추지 마라

　　지구 밖의 상상력을 삶의 실체로 보유한 인류는 극소수다. 대기권 너머에서 푸른 별 지구를 바라다본 우주인은 아직까지 몇 사람 되지 않는다. 우주인들은 지구로 귀환해 성직자가 된 사람도 있고 자살한 사람도 있으며 학자가 된 사람도 있다. 모두 한계 밖을 직접 '바라다본' 경험이 그들을 바꿔 놓았다.

　나는 양산에서 태어나고 부산에서 자라 대학을 졸업할 때까지 살았던 전형적인 부산 사람이다. 하지만 지금은 20년 넘게 미얀마에서 살고 있으니 이제 부산 사람이라 하기도 미얀마 사람이라 하기도 다 어설퍼졌다. 지금은 수많은 이산자들처럼 경계인의 정서를 갖고 살아가지만 내가 글을 쓰고 말하는 모든 것은 자음과 모음의 구성이 아름다운 '모국어'다. 그래서 나의 조국은 특정한 나라가 아니라 모국어인 셈이다. 이런 내가 처음으로 경계 밖을 경험한 것은 25여 년 전 몽골에서다.

　나는 몽골에서 처음으로 문명 밖을 보았다. 그것은 내 존재 내부를 차지하고 있던 바다와 대지와 하늘 밖에 더 광활하고 한계조차 없는 또 다른 세계가 존재한다는 실감이었다. 문명의 칸막이를 넘어서자 거기 사막과 초원과 하늘과 바람이 있었다. 헤아릴 수 없이 많은 별과 유성이 종횡으로 흘러 다니던 밤하늘과 초원이 내 눈앞에 환상처럼 펼쳐지고 있었다. 그 순간 나는 지구가 하나가 아니라는 사실을 깨달았다.

고층빌딩과 자동차와 지하철과 컴퓨터와 스마트 기기로 가득 찬 지구가 아니라 바람과 풀과 낙타와 들꽃으로 가득 찬 지구가 하나 더 있다는 사실 말이다. 나는 내가 오랫동안 내 머릿속에 담고 있던 지구에 대한 상식이 하나의 편견임을 깨달았다.

한반도의 7배에 달하는 대지에 인구는 고작 4백만 명밖에 살지 않는 땅이 거기 있었다. 비행기로 겨우 2시간 30분이면 도달하는 거리에 내가 모르던 또 다른 행성이 있다는 사실은 충분히 충격적이었다.

6월의 몽골 초원은 끝을 모르게 펼쳐진 초원에 에델바이스와 강한 허브 향을 뿜어내는 키 작은 보랏빛, 빨강, 노랑, 흰 들꽃들이 가득 피어 있었다. 막힌 코가 툭 터질 만큼 강한 허브 향 한가운데 말과 양과 야크들이 풀을 뜯고 있었다. 무수히 많은 다큐와 사진과 글로 보고 읽었던 모든 정보가 머릿속에서 말끔히 사라져 버렸다. 초원에서 만난 모든 형상들은 내가 가진 형상 이상의 존재감을 뿜어내고 있었다.

그렇다. 그것은 나와 관계 맺고 있는 '실재'였다. 사막의 모래알 하나까지 모두 온전히 실재하는 것들이었다. 나는 황폐화된 문명의 한복판에서 "실재의 사막"이라 부르짖는 누군가에게 이 생명으로 가득 찬 대지를 보여 주고 싶었다. 그가 파악한 세계와 정반대의 세계가 이곳에 있음을.

하지만 내가 그 초원에서 만난 강렬한 존재감은 형상을 가진 것들이 아니었다. 사방을 둘러봐도 풍경은 똑같은 모습을 하고 있었다. 소실점 하나 없는, 원근이 사라진 허공 어디에 카메라 초점을 맞출 것인가.

오직 일망무제의 허공을 바람이 불어가고 있었다. '먼 곳에서 먼 곳까지' 바람이 불어가고 있었다. 눈에 보이지도 않는 투명한 실크가 내 머리칼과 팔을 휘감으며 지나갔다. 팔에 와 닿는 바람의 감촉이 나를 '먼 곳'으로 이끌었다. 나는 바람과 놀았다. 나는 바람 속에 있었다. 할 수만 있다면 나도 바람이 되어 바람을 따라가고 싶었다. 간혹 들리는 말 울음소리 외엔 완벽하게 정적에 둘러싸인 대초원에 홀로 직립으로 서서 바람이 전하는 먼 곳의 소식을 들었다.

헤아릴 수 없는 바람의 갈피마다 이 땅에서 살다 간 생명들의 숨소리가 들려왔다. 사라진 제국—몽골 예케울루스의 웅장한 서사와 '사흘 앞을 보는 유목민들'의 초월적인 전설을 오래오래 듣고 있었다. 오만과 편견과 제도와 법률과 규범과 끝없이 간섭해오는 타자의 시선들—나는 오직 한 번뿐인 생을 위해 바람이 이끄는 '먼 곳'으로 떠나기로 했다. 울란바토르에서 러시아제 9인승 밴을 타고 이틀을 달려 고비로 갔다. 낙타를 타고 빛나는 사구를 오르기 위해.

○
사랑은 말이 아니라
행하는 것이다

5월은 눈부신 계절이다. 그래서 흰 드레스에 붉은 장미를 든 신부는 모두 '5월의 신부'가 되길 원한다. 어쩌면 최초의 신부였던 이브가 아담을 만났던 극적인 순간도 담장마다 넝쿨 장미가 흐드러지던 5월이 아니었을까. 어쨌든 모든 신부는 새로운 '가족'의 시작이다. 가족의 본질은 왜 사랑일까. 이 조건 없는 사랑의 근원은 어디서 오는 것일까. 첨단 물리학을 총동원한 우주 공상영화 〈인터스텔라〉는 수없는 과학 장치와 물리법칙을 동원하고서도 시공간의 본질 즉 우주와 생명의 본질을 밝히는 데 실패한다. 그러나 벽에 갇힌 우주비행사는 수백 년의 시간과 시간 너머의 벽을 뚫고 딸을 만나는 데 성공한다. 결국 이 드라마는 '사랑'이야말로 우주와 생명의 본질이라고 결론을 내리고 만다. 여기에 천만이 넘는 한국의 관객들도 이 통속적인 아니 너무나 인간적인 결론에 승복해 영화관을 가득 메워 주었다. 초월적인 우주의 시공간도 수많은 차원의 벽도 끝내 돌파하고 만 아빠의 애절한 사랑이 첨단의 우주공학을 이겨 내고 만 것이다.

물리학도 수학도 논리도 선악도 다 넘어서고야 만 미래의 기적은 결국 사랑인 셈이다.

극악한 살인자라 하더라도 그의 어미는 그를 외면하지 않듯, 선악과 도덕과 합리적 논리마저 사랑을 넘어서지 못한다. 물론 '돈'이 '신'이 되어 버린 세상에 천륜을 깨뜨리는 비정한 사례가 자주 보도되기도 하지만 여전히 사랑과 가족의 힘은 압도적으로 우리의 삶을 감싸 안고 있다. 아무리 고통스럽고 갈등이 심해도 마지막 기댈 곳은 그래도 가족일 수밖에 없지 않은가. 인도의 시인이자 성자였던 칼릴 지브란은 "가진 자의 편견과 오만도 문제이지만 가난한 자의 무지와 폭력 또한 문제"라고 지적했다. 그의 이런 통찰은 마르크스의 계급이론이 지닌 약점을 통렬하게 꿰뚫는 말이었다. 가진 자와 못 가진 자로 나누어 투쟁하는 혁명적 방법만으로는 인간의 문제 '그 자체'를 해결할 수 없다는 것이 이 예언자의 혜안이었다. 정의와 도덕의 기준도 없이 모든 것을 인간 자체의 문제로 환원해 버리는 환원주의라고 비난받을 소지가 다분하지만 결국 칼 마르크스가 꿈꾸던 계급혁명을 통한 유토피아는 환상에 불과했음을 역사가 증명하고 말았다.

차창에 눈 날리고
베료쟈 나무에 오도카니 앉았던 까마귀
오늘도 배를 못다 채운 채
둥지로 날아간다

날개가 무겁다
아직 덜 자란 날개가
열차 바퀴 소리를 끌고
대지 속으로 간다

어두워오는 날개여, 나는 것 보다
먼저 올려다봐야 할 산이 있다
지상의 모든 만남,
까닭이 있는 모든 것
말라가는 흰 푸새들의 손짓마저 잊지 말아야 한다

너는 한 점 썩은 고기를 위해
까악까악 투덜대지만
네가 살아 있다는 것
높은 산 쉬지 않는 바람과 구름보다
빠르게 절벽을 넘어라

들녘도 네 빈 내장을 채울 동안 불어가는 바람도
둥지 속의 어린 새끼들도 모두
빛나는 비밀

태양은 눈물을 보이지 않는다

혹 낮달이 나타나 희붐한 슬픔을 머금더라도
오늘은 캄캄한 날개를 펴라
　—졸시 「캄캄한 날개를 위하여 – 줄리아에게」

　그렇다고 황금만능의 물신주의가 만연한 21세기의 자본주의
가 완연하다고 볼 수 없듯이 우리 앞에 펼쳐진 '고통스런 세계'
가 이를 웅변하고 있다. 동유럽이 낳은 금세기의 철학자 슬라보
예 지젝은 화려한 첨단문명의 21세기를 한낱 '실제의 사막'에 불
과하다고 질타하고 있다. 하지만 지젝 역시 21세기가 겪고 있는
이 화려한 폐허를 뚫고 갈 대안을 내놓고 있지 못하는 것을 보면
〈인터스텔라〉의 결론이 마냥 허구인 것만은 아닐지도 모른다. 그
러나 이런 사랑의 본질에 대해 회의적인 주장도 만만치 않다. 젊
은 나이에 요절한 독일의 철학자 울리히 벡은 현대 사회에서 사
랑이 지닌 파괴력에 주의를 기울여야 한다고 경고했다. 갈수록
증가하는 이혼과 가족의 해체로 인해 그 후유증에 시달리는 사
람들이 늘어나는 현상은 결코 간과할 수 없는 '위험'이라고 그는
말한다. 즉 『위험 사회』의 본질에 '사랑과 가족의 해체'가 자리하
고 있다는 것을 잊지 말아야 한다는 것이 그의 주장이다.
　그러나 울리히 벡의 이런 주장은 역설적으로 사랑과 가족이 지
닌 힘을 확인시켜 주는 것이기도 하다. 나와 나의 가족 그리고
내가 속한 공동체 전체를 위해 무엇을 쌓을 것인가보다 무엇을
버릴 것인가를 먼저 생각해 보아야 한다.

성경은 거창한 이론과 논리 이전에 가장 쉽고 실천 가능한 구원의 방법을 이야기한 바 있다. "사랑은 말이 아니라 행하는 것"이라고. 그렇다. 사랑이 어려운 것이라면 어떻게 종교와 철학과 예술의 본질일 수 있겠는가. 지금 이곳에서 바로 누군가를 위해 아무 조건 없이 사랑을 행하는 것 그것이 나와 내 가족을 구원하는 길이다. 나는 나 자신에게 이 성경의 말씀을 곱씹어 되돌려 주려 한다.

○

세계를 향해 한걸음 더

    괴테와 실러가 활동하던 19세기 독일의 대학가는 흔히들 질풍노도의 시기라고 한다. 독일의 근대국가로서의 사상적 토대와 민족의식이 고취되고 있던 시대이니 젊은이들이 낡은 체제에 대해 반항적인 성격을 지닌 것은 지극히 자연스러운 일이라 할 수 있다. 대학가나 진보적 지식인들 사이에는 마치 한국의 70~80년대처럼 '우리 것', '우리다운 것'이 젊은이의 주요한 관심사였다. 청바지와 개량한복이 인사동과 종로와 대학가를 휩쓸던 분위기와 흡사하지 않았을까 싶다.

    프랑스의 시민혁명과 영국의 산업혁명이 유럽의 중세적 권위와 정치 그리고 역사의 지형을 바꿔 놓는 동안 여전히 신성로마제국의 광휘에 사로잡혀 있던 독일은 수많은 영주 국가로 나뉘어 여전히 분열과 종교적 억압으로부터 자유롭지 못했다. 괴테와 실러가 문예부흥 운동을 주도하는 대학가에는 'One and All'이란 구호가 공공연하게 나붙고 새로운 자유와 휴머니즘의 사상이 열병처럼 독일 사회를 들끓게 했다.

내가 글의 서두에 독일의 19세기를 끌어들인 것은 너무도 비슷한 구호성 문구를 불과 두 달 전 롯데호텔 '세계한인의 날' 기념식장에서 발견했기 때문이다. 세계한인회장 대회가 펼쳐지는 롯데호텔은 외교부, 통일부 장관을 비롯한 정당 대표 등 평소라면 얼굴을 마주하기 힘든 인사들과 75개국에서 참석한 405명의 한인회장들로 대성황을 이루고 있었다.

하지만 내 시선을 강하게 끌어당긴 것은 '더 커진 하나, 한반도의 빛이 되다'라는 대회를 상징하는 문구였다. '빛이 되어야 한다'도 아니고 아예 못을 박듯 '되다'라고 쓰여 있는 당당한 문구에 순간 정말 빛이 되었나? 잠시 의구심이 머리를 스쳤다.

나는 기념식장을 둘러보며 이 자리에 75개국의 한인회 회장들이 참석하는 대신 한인회 청년들이 모여 있었으면 좋겠다는 생각이 들었다. 장관들이나 각 정당의 대표들 대신 방탄소년단이나 영국 프리미어 리그에서 세계 톱 클래스의 활약을 펼치고 있는 손흥민 등 이미 10대와 20대에 세계를 압도하는 열정과 능력으로 한반도는 물론 전 지구촌에 '한반도의 빛'을 발산하고 있는 수많은 젊은이들이 한자리에 모여 전 세계에서 그들을 보러 몰려온 이국의 청년들과 함께 하는 모습을 상상해 보았다. 나는 우리 청년들의 좌절할 줄 모르는 용기와 에너지, 드라마틱하고 기상천외한 창의력을 믿는다. 그들이 밝고 건강한 에너지로 만들어 가는 지구촌의 새로운 관계망이야말로 '한반도의 미래'가 될 것이라 확신한다. 우리의 젊은 청년들은 자신이 발을 딛고 있는 나라에서 뛰어나게 능력을 발휘하여 한국을 빛내는 것이 진정한 힘이자 빛이라고 말하고자 하는 것이 아니다.

자신들이 발을 딛고 있는 세계를 이해하는 수준을 넘어 사랑하고 소중히 여겨 편협한 일국주의에 사로잡히지 않는 진정한 세계인들이 되길 원한다. 우리가 살아가고 있는 지구촌과 '또 다른 우리' 지구촌 사람들을 사랑하는 이야기를 함께 모여 나누고 경험을 공유하는 한인의 날이 되면 좋겠다는 생각을 대회 내내 하고 있었다.

전 세계에 퍼져 치열하게 살아가고 있는 한인 동포들은 한국 관변과 정당의 들러리가 아니다. 세계의 저 깊은 곳을 향해 모국이란 정체성을 가슴에 담고 모험을 떠난 진정한 한국인이자 세계인들임을 잊지 말아야 한다.

○

거듭나야 하는 Personality

인격이란 인간이 스스로의 존엄성을 책임질 수 있는 자아(Persona)를 가진 존재임을 말하는 것이다. 그렇다면 인간의 존엄성은 무엇을 말하는 것일까.

칸트의 묘비에는 "생각하면 생각할수록 새롭고 무한한 감탄과 존경을 일으키는 두 가지가 있다. 그것은 하늘에 반짝이는 별과 내 마음속의 도덕률이다"라고 새겨져 있다. 굳이 칸트의 유명한 보편적 도덕을 언급하지 않더라도 인간의 행복에 대한 감각이 최대치에 이르는 순간은 이타적인 인격을 갖춘 개체들이 서로를 돕고자 하는 상호성이 발현될 때라는 것을 우리는 알고 있다. 누구에게나 삶은 자신만의 가치를 추구할 수 있는 열정과 의지로 채워질 때 비로소 존재 이유를 확인할 수 있으며 이를 통해 안정감을 갖는다.

그러나 자신만의 가치실현 또는 가치의 자유, 기회의 평등 등의 말에 이르면 이 무엇보다 우선하는 인간적 가치실현이 말처럼 간단하지 않다는 것을 깨닫게 된다. 무한 투쟁과 무한 경쟁이 일상의 치열함을 대변하는 현실 속에서 자신의 욕망과 자신의 가치가 일치하는 경험을 갖기란 그리 쉽지 않다. 더구나 그것을 쟁취하고 실현해 가는 과정의 정당성과 도덕성에 이르면 누구도 자신 있게 '나는 정당한 규범을 한 치도 어기지 않고 경쟁하여 나의 가치를 쟁취했다!'고 외치기 어렵다.

법과 규범의 형평성이 공정한 경쟁을 보장하지 않을 뿐만 아니라 권력과 기득권을 가진 것이 힘의 작용을 넘어서지 못하기 때문이다. 자신이 치르는 경쟁이 자신이 지향하는 가치와 어긋나지 않고 온전히 일치하고 있을까? 일치는커녕 나의 가치란 것이 진짜로 내 안에 있기는 있는 것인지조차 확인할 길이 없다. 온 나라를 시끄럽게 한 '조국 사태'나 '부동산 문제', '미투 문제', '검찰권력의 해체 문제' 등등은 어디까지가 진실이고 어디까지가 거짓인지 아무도 자신 있게 말할 수 없게 되었다. 사실과 사실들이 쌓이고 쌓여 무엇이 진실인지 아무도 알 수가 없게 되었다.

검찰과 언론 시사 논평가라는 전문가들 그리고 SNS나 유튜브, 갖가지 댓글들이 생산하는 '사실의 숲', '주장과 논평의 숲' 속에서 우리의 판단은 오히려 불투명하고 불확실한 것이 돼 버리고 만다.

이제 사람들은 어디서 자신의 가치와 일치하는 진실을 확인할 수 있을지 알 수가 없다. 가치실현의 정당한 과정을 인정받을 수 있는, 믿을 수 있는 기관이나 방법 또한 없다. 자신마저 자신을 믿을 수 없는 '사실과 진실의 과잉' 앞에서 자신의 욕망을 스스로 통제해 가며 타자의 이해를 우선하는 겸손하고 예의 바른 '인격적 인간'이 과연 가능한 것인지 의문을 갖지 않을 수 없다.

자본의 가치가 최우선의 가치로 공인받는 세계에서 그 보편적인 현실을 무시하고 자신만의 고귀한 가치를 지켜가고자 하는 의지가 과연 유지 가능한 것일까? 자신에 대한 의문은 쉽사리 사라지지 않는다.

그러나 기이한 것은 그럼에도 불구하고 주변에서 상대적일망정 인격적인 사람 혹은 신뢰가 가는 예의 바른 사람, 겸손하고 헌신적인 사람들은 늘 있어 왔다. 바로 우리와 가까운 곳에 그런 소수의 '좋은 사람'은 사라진 적이 없다. 인격을 갖춘다는 것은 얼마간의 자기 통제와 사적 욕망에 대처하는 이타적인 노력과 관계가 깊다.

이기적인 생물학적 본성과 현실적인 이해를 넘어서는 인간성의 발현은 상황과 조건을 넘어서서 이루어지는 '그 무엇'이다. 쿠데타와 학살로 점철된 아프리카 수단에서 '아이들과 함께' 하고자 했던 이태석 신부나 청계천 피복노조에서 미싱사들의 열악한 노동환경을 개선하고자 싸우던 청년 전태일이 노동자가 가진 인간으로서의 권리를 위해 온몸에 불을 지르며 산화해 가던 눈물겹도록 장엄한 순간은 모두 인간의 생물학적 본능이나 이기심을 초월한 순간들이다. 이런 절절하고 위대한 순간들은 굳이 성자들을 예로 들지 않아도 얼마든지 많다.

대단하고 특별한 소수의 문제적 인간들만 이런 초월적 인간성을 발휘하게 되는 것일까? 우리는 그런 삶이 쉽지는 않지만 그렇게 희귀하지도 않다는 것을 알고 있다. 80년 5월 광주 도청에서 국가폭력에 의해 산화해 간 사람들 중 다수는 평범하기 그지없는 사람들이었다. 이발사나 짜장면집 배달원, 휴지를 줍던 넝마주이, 어린 고등학생 등이었다.

그들은 '죽을지 알면서 죽기 위해 그 자리에 있었다'. 자신들의 죽음으로 부당한 폭력과 학살을 증명함으로써 사람들의 정당한 미래를 지키고자 했던 것이다. 불멸에 이른 그들의 죽음에의 헌신은 공동체가 위기에 빠져들 때마다 불꽃이 되어 부활했다.

중요한 것은 바로 보통의 평범한 사람들이 한순간에 성화되어 초월에 도달했다는 것이며 이것이 인간의 본성을 까마득히 넘어서는 일이었다는 것이다. 그래서 칸트는 인간의 마음에 도사린 '도덕률'을 가장 소중한 가치라고 했는지도 모른다.

생물학적으로 인간 역시 동물임에 틀림이 없는데, 그런데도 그 굴레를 벗어날 수 있는 존재가 또한 인간인 것도 분명하다. 역사나 전쟁, 정치나 혁명 같은 큰 국면 속에서만 인간의 초월적인 인격적 속성이 발휘되는 것이 아님을 우리는 잘 알고 있다.

살아 존재하는 모든 인간은 인종과 언어, 빈부와 학력, 권력과 지위의 높낮이 같은 조건들과 상관없이 인간은 인간으로서의 '격'을 갖는다는 것을 우리는 모두 잘 알고 있다. 정자와 난자가 자궁 속에서 만나 22주가 지나면 태아의 지위를 법률적으로 획득한다. 이때부터 태아는 인격을 갖게 되며 천부의 권리를 갖는다. 인간이 인간으로서의 권리를 갖는 순간은 바로 이 평등한 순간으로부터 시작된다. 대한민국의 헌법재판소는 임신 후 22주가 되었을 때부터 배아는 태아로서의 인격을 지닌 독립된 존재로 본다고 해석하고 있다.

따라서 인간은 천부의 인권을 갖는 순간부터 '인간으로서의 가치'를 지닌 존재가 된다. 인간은 그 자체로 무엇보다 우선하는 가치이며 누구도 침범할 수 없는 신성성을 갖게 되는 것이다. 그러므로 인격이란 인간이 인간으로서의 가치를 드러내는 초월적인 '그 무엇'이라고 말할 수 있다.

나는 미얀마에서 20년 넘게 살아오면서 두 사람에게서 앞서 언급한 인격의 아우라를 느껴 깊이 감복한바 그들을 닮기 위해 노심초사 노력을 했으나 타고난 성정은 어쩔 수 없는 일인지 별로 나아진 것 같지 않다. 두 분의 실명을 거론하는 것이 두 분에게 예의가 아님을 알면서도 그분들을 이야기하는 것은 내심 그분들이 나를 용서하시리라 믿기 때문이다.

물론 그분들은 영웅이나 대단한 명성을 지닌 분들이 아니지만 나는 그분들에게서 배어 나오는 따뜻함과 온건함, 끝없이 자신을 절제하는 겸손에서 위로와 용기를 얻음으로써 외로운 미얀마에서의 삶을 유지해 갈 수 있었다. 미얀마 이상화 대사와 대상 주식회사 전무이자 한인 커뮤니티의 감사를 맡아 왔던 임종연 씨가 바로 그 두 분이다.

그들의 무심한 몸 언어에는 사람에 대한 정성이 배어 나와 사람들을 편안하게 해 주는 힘이 있다. 남의 의견을 존중하는 곡진함에서 배려와 겸손이 묻어 나왔으며 이런 품격은 놀랍게도 오랜 시간이 흘러도 변하지 않았다. 경우와 상황에 따라 변하는 것이 아니라 항상 조용하고 부드러운 아우라가 그들을 감싸고 있었다. 나는 이들을 통해 평범한 사람들 속에 내재된 '사람에 대한 정성'이 그 사람의 '격' 즉 인격이라고 믿게 되었다.

이러한 두 분의 품성이 타고난 것이라거나 먹고살아 갈 만해서 그럴 수 있다고 생각하지 않는다. 나는 그들이 사람의 내면에서 일어나는 수없이 많은 욕망으로부터 자신을 지켜가기 위해 한시도 자기 자신을 내버려 두지 않고 경계하고 또 경계해 왔음을 잘 안다.

그들에게 삶 그 자체는 자신이 지켜야 할 아름다움이자 가치라는 것을 배웠다. 평범한 사람들이 한순간에 초월적인 가치를 선택하게 되는 것이 아니라 이런 끝없는 자기 응시의 고투를 통해 도달하게 되는 것임을 나는 이곳 양곤에서 배우고 있다. 하지만 이런 깨달음에도 불구하고 나의 세속적인 삶은 그들의 인간적 높이에 까마득히 미치지 못하고 있어 늘 목이 메인다.

○

광의적 약속의 무게

약속은 남과 하는 것이 아니라 자신과 하는 것이다. 그래서 약속은 자신의 인품을 확인하는 척도가 된다. 세상을 다 속여도 자신만은 속일 수 없다. 간혹 거짓말 탐지기마저 속여 넘기는 드라마가 등장하기도 하지만 그렇게 한들 자신만은 그런 자신을 모를 수 없다.

인간은 본능적으로 사랑의 능력과 그 의무를 품고 태어난다.

약속의 본분 또한 인간이 태생적으로 갖고 태어난 속성이다. 약속은 터무니없는 꿈이 아니다.

약속은 약간의 고통을 동반한 멋있는 풍치와 같다.

약속을 가볍게 생각하는 버릇은 타자와의 교감을 둔감하게 만들어 고립을 자초하게 한다. 한그루 미루나무도 하늘을 머리에 이고 가만가만 머리를 흔든다. 바람의 리듬에 몸을 맡겨 함께 리듬을 탈 줄 아는 탓이다. 일심불란, 타고난 본위의 방식대로 제자리를 지키며 제 키만큼의 그늘을 만든다. 이것이 미루나무가 자신 스스로와 맺은 약속이다.

약속은 질서 있는 내면생활을 갈망하는 사람들에게 내면의 힘을 길러주고 안정을 갖게 한다. 사람의 마음을 얻어 타인과 진정한 관계를 갖도록 하는 씨앗이라 할 수 있다.

모류(털 가진 네 발 짐승)들에게도, 개미들에게도, 눈에 보이지 않는 입자들만 떠다니는 우주에서도 약속된 근원적 속성(약속)에 의해 질서가 지켜진다. 한낱의 약속이 이끄는 대로 일이 잘 풀리면 덧없는 만족과 성취감을 얻는다. 그러나 발치의 시원함을 누리기 전에 얼마간의 통증은 감내해야 한다. 약속을 미루거나 예사로 생각한다는 것은 불협화음으로 이루어진 교향곡과 같다. 즉 여러 파트의 악기들이 하나의 아름다움과 감동에 이르기 어렵다. 완성된 결말이나 결과로 귀착되기 어려워진다.

신은 눈과 귀 입의 약속을 위한 서로의 증인으로 삼았다.

자신의 입과 귀와 눈이 서로를 믿지 못한다면 어떻게 되겠는가. 뒤마의 『몬테크리스토 백작』의 복수극이나 셰익스피어의 『베니스의 상인』에 등장하는 고리대금업자 샤일록의 이야기는 모두 약속을 악의적으로 이용하고 이를 다시 역이용하는 극적인 내러티브를 보여주지만 어느 쪽의 서사도 약속은 목숨만큼 무겁다는 것으로 귀결된다. 목숨이 곧 약속의 무게라면 그것은 지구 무게와도 같다는 뜻이다.

인류가 생긴 후 약속을 지키지 못해 지구를 떠난 사람들이 아마 지구에 살고 있는 현행 인류보다 많을 것이라는 농담도 결국 같은 이야기다. 형체, 냄새, 색깔 그 어느 것도 눈에 보이지 않는 코로나 바이러스의 재앙도 하나씩 거슬러 올라가다 보면 끝내 자연과 인간, 인간과 인간의 어긋난 약속 때문에 발생한 문제일 수밖에 없다.

인류는 지금 그 약속을 어긴 대가를 치르고 있는 중이라 할 수 있다. 바이러스들은 자신의 약속 이행을 위해 안간힘을 다하고 있는지도 모른다. 그러나 어떤 약속도 온당치 못한 약속은 이행되기 어렵듯 잘못된 약속이라면 사전에 파괴되어야 한다. 인도의 빈민가에서 급격히 확산되고 있는 변이 바이러스나 백신을 맞았는데도 감염이 되고 있는 사례는 약속을 어긴 인간의 대가 지불이 부족했음을 말하는 것은 아닌지 되짚어 보아야 한다.

올해에 들어 발생한 코로나 바이러스 확진자 통계만 보더라도 변이되는 병원체가 새로워지는 사이클이 백신의 대처 방식보다 더 빠른 것이 아닌지 의심스럽기 짝이 없다. 그러나 코로나로 인해 약속이 깨지면서 파탄에 이른 경제나 무너진 사회 질서를 탓하며 호들갑 떨 것이 아니라 예방 약속을 더 투명하게 공개하고 공동으로 대처할 수 있도록 논의의 범주를 확대해야 한다.

구름이 부딪쳐 번갯불이 튀듯 생태계와 인간의 문명이 서로 약속을 이행하지 못한다면 백신이나 마스크 손 씻기만으로 작금의 사태를 해소할 수 없다. 닫힌 문안에서 인간은 주체성의 혼란을 겪고 있다. 거리 두기와 마스크 쓰기 따위의 대처가 벌써 1년 반이 지났다. 550일 지나도록 80억 인류가 해결할 수 없는 일이라면 앞으로도 완벽히 바이러스를 해결할 수 없다는 뜻이다.

아니 어쩌면 인류는 지금까지와는 다른 세계를 상상해 보아야
할 지점에 이르렀는지도 모른다. 특히 바이러스에 대한 대응 백
신이 왜 미국과 EU, 중국, 러시아에서만 생산 가능한 것인지 아
무도 대답하지 않는다. 달러의 세계 지배와 같이 백신의 세계 지
배가 이루어지고 있는 작금의 양상을 어떻게 이해해야 할까?

약속은 공동의 선을 높은 곳으로 이끈다는 의미에서 종교적이
다. 그러나 '지나친 약속'은 자신을 속박하거나 스스로 노예화하
는 역기능이 될 수 있음을 잊지 말아야 한다. 『더 나은 선택』의
저자 크레이그 그로셸 목사는 "인간과 인간 사이에 약속이 주어
지지 않는다면 커뮤니티의 삶이란 있을 수 없다"라고 단언한다.

약속은 미래를 예비하는 예언적 언어다. 봄바람이 불어야 하고
빈 가지를 풍성한 꽃으로 채워 놓듯 그렇게 지켜지는 것이다.

2부

엠마웅과
부엉이

그들이 믿는 전설의 존재는 쾌락의 물로 뿌려질 뿐
모르는 것에 대한 사람들의 목마름 뜨거울 뿐
모르는 것에 대한 사람들의 불온 무겁기만 할 뿐

사람들은 누구나 신 앞에 심판 받을 의무를 지니는 날

아스팔트 패어진 도로에 물이 고여 해가 지고 있다.
—졸시 「떠자민의 힘」 전문

○

엠마웅과 부엉이

엠마웅은 도마뱀이다. 부엉이와는 천적이라 할 수 있다. 하지만 이곳 미얀마에서 그런 천적 관계를 보기는 어렵다. 한국의 대도시에서 부엉이의 울음소리를 듣기는 어렵다. 하지만 양곤이나 하노이, 프놈펜 등 동남아 대도시의 어느 식당이나 침대 천정에서 엠마웅은 쉽게 볼 수 있다.

부엉이가 날개를 달고 하늘을 나는 수직형의 공간과 건조한 공간을 갖고 있다면 엠마웅은 네 개의 발로 벽을 자유롭게 기어 다니는 습기가 많은 곳의 귀여운 파충류다. 당연히 수평적인 동선을 갖고 있다. 부엉이가 투명하고 텅 빈 거대 공간을 나는 데 반해 엠마웅은 작은 사각형의 좁은 공간을 기어 다닌다.

닫힌 공간과 열린 공간이 이 두 개체의 공간적 숙명이다. 흥미로운 것은 엠마웅의 공간이다. 아주 작은 연녹색 글러브 같은 돌기를 네 발끝에 단—사실은 흡반 같은 기능—것이지만 이 모습에 엠마웅이 공간을 구성하는 비밀이 숨어 있다. 엠마웅에게 공간은 마치 움직이는 사각형의 큐브 같다. 위, 아래, 전, 후, 좌우 같은 고정된 위치가 있는 것이 아니라 제가 움직이는 대로 방향과 위치가 탄생한다. 매직 큐브가 제 몸 밖에 형성되어 있는 것이 아니라 몸 안에 있는 셈이다.

중력을 네 발끝으로 다 흡수해 버린 듯 모든 방위를 다 수평으로 바꿔 버리는 엠마웅에게 공간은 무한사방 연속체의 입체화된 평면이다. 입체의 사각형을 끝없이 평면화시켜 버리는 역입체화의 놀라운 비밀이 바로 엠마웅의 네 발에 달린 작은 글러브에 숨어 있다. 3D 컴퓨터 게임의 X,Y,Z 축을 모두 X축 하나로 환원시켜 버리는 공간 마우스를 엠마웅은 네 발끝에 장착하고 있다.

밤을 낮처럼 꿰뚫어 보는 부엉이의 야간 투시력에 비해 엠마웅이 갖고 있는 공간 축약의 능력은 훨씬 마술적이라 할 수 있다. 이런 3D 게임 같은 가상공간은 무시간성 속에 놓여 있다. 죽고 사는 일마저 무한반복 리셋되는 추상성이 엠마웅의 차원이다.

하지만 부엉이의 먹이 사냥은 긴장과 스릴이 넘치는 드라마틱한 찰나의 시간 속에서 구성된다. 조금은 상상 가능한 범주에 있는 것이 부엉이다.

부엉이가 쥐나 도마뱀 같은 먹이를 좋아한다면 엠마웅은 파리나 성가신 깔따구, 모기 같은 해충을 잡아먹는다. 야생의 맹금류와 집 안의 가금류 중간쯤에 머물러 있는 것이 엠마웅이라고 해야 할까. 눈으로 특화된 시각적 능력과 네 발로 기는 공감각적 능력이 다른 두 가지의 다른 능력은 마치 리얼리티를 드러내는 서사성 높은 소설과 그 소설을 게임화한 가변성 심한 가상공간을 보는 듯하다.

처음 미얀마에 와서 어느 야외 식당에 앉아 있었을 때의 일이다. 키 큰 야자수 잎사귀 사이로 큰 보름달이 떠 있었다. 이미 익숙한 이국의 풍경인지라 난 느긋하게 식사를 기다리며 찬 미얀마 맥주를 즐길 수 있었다.

그때 어디선가 작은 새소리가 들려왔다. 그 소리는 곧 달빛 속으로 흩어졌지만 무성영화 속 풍경 같은 '익숙한 자리'가 음향 효과를 삽입시킨 '활동적 공간'으로 바뀌어 버렸다. 가늘지만 분명한 새소리는 식사 내내 끝나지 않았다. "저 소리를 내는 새의 이름이 무엇"이냐는 내 질문에 곁에 있던 친구가 "아, 엠마웅이요?"라고 대답했다. 나는 'ㅇㅁㅁㅇㅇ'으로 발음되는 이 리드미컬한 이름에 순간 매료되어 버렸다. "엠마웅이라니요?" 더구나 이어진 대답은 내 통념으로 단단하게 굳은 머릿속을 단번에 날려 버렸다.

"엠마웅은 새가 아니라 도마뱀이에요."

새를 상상케 하던 울음소리가 뱀의 울음소리로 수정되는 순간이었다. 새처럼 노래하는 뱀이라니! 나는 사실 이 새(엠마웅) 소리를 들으며 고향 뒷산에서 들려오던 부엉이 소리를 연상하고 있었다. 뒷산 무덤가 소나무 가지에 앉아 어둔 밤하늘에 굵은 중저음의 울음소리를 토해 놓던 부엉이의 울음소리, 그 깊고 멀리까지 번져 가는 부엉이의 울음소리는 알 수 없는 외로움을 불러오는 것이었다. 목관악기처럼 부드러운 음색의 고독감은 아직 가까이 오지 않은 미래의 어떤 존재를 상기시키는 까닭 모를 그리움을 상징하는 소리였다.

내게 유년 시절의 부엉이는 그런 정서로 달팽이관 저 깊이 뿌리박혀 있었던 것이다. 그런 막연함을 불러일으키는 유랑의 감수성이 날 낯선 이국으로 떠돌게 했던 것인지도 모른다. 그런 부엉이와 비슷한 정서를 불러일으키고 있던 내게 새가 아니라 도마뱀의 울음소리라니, 충격은 신선하고 놀라웠다. 난 그냥 미안마의 달빛과 야자수와 작은 금관악기 같은 엠마웅의 울음소리에 빠져들고 말았다. 무려 20년 동안 미얀마는 사실 이런 반전을 계속 체험하게 해 주었다.

○

나눈다는 것,
하나가 된다는 것

　　나누면 하나가 되고 나누지 않으면 오히려 둘이 되어 버리고 마는 역설의 화두가 불가에서 말하는 불이(不二)의 정신이다. 배가 몹시 고픈 두 사람이 작은 빵 한 조각을 놓고 어떻게 처리할 것인지에 따라 두 사람의 관계는 그 친소가 결정된다. 함께 공평하게 나누어 먹으면 두 사람의 마음은 하나가 되겠지만 혼자서 다 먹어 버리면 한 사람은 배고픔보다 더 큰 서러움을 느끼게 될 것이다. 두 사람의 신분과 계급이 달라도 그것은 마찬가지다.

　　나는 45년이 지난 지금도 라면을 보면 가끔 군대에서 있었던 일이 떠오른다. 스물두 살이었던 나는 강원도 최전방에 배치된 지 불과 일주일 정도밖에 안 된 신참 이등병이었다. 나는 신년이 막 지난 1월 혹한기 동계 적응 훈련에 투입되었다. 야영지에 도착하자 바로 참호를 파고 분대가 함께 숙영할 텐트를 쳐야 했다. 당연히 졸병인 나는 야전삽을 들고 살짝 눈에 덮인 땅을 파기 시작했다. 하지만 삽날은 강철보다 단단하게 언 땅을 파 들어가기는커녕 되레 튕겨 나오고 말았다. 영하 15~20도 사이를 오가는 혹한의 대기는 땅속 깊은 곳까지 얼려 놓았던 것이다. 아무리 힘차게 땅에 삽날을 박아도 땅은 할 테면 해 보라는 듯 전혀 속살을 내보이지 않았다. 한참을 낑낑거리자 고참 병장이 다가와 삽을 빼앗았다. 야전삽을 뒤로 돌리더니 삽날 뒤편에 송곳처럼 삐져나온 쇠 받침을 펴더니 참호 크기만큼의 직사각형의 선을 그렸다. 얼음땅 위에 그려진 직사각형 안에 다시 작은 사각형들이 반듯이 그려졌다. 그리고서는 작은 사각형의 선을 따라 콕콕 두드려 나가더니 이윽고 삽날을 그 틈 사이에 집어넣어 들어올렸다. 아! 놀랍게도 작은 사각형의 얼음장 하나가 떨어져 나왔다. 고참은 삽을 건네주면서 말했다.

"고참은 누구와 동격?"
"네! 고참은 하나님과 동격입니다"

거의 2m가량의 참호를 다 파고 긴 나뭇가지를 주워다 텐트를 덮자 그럴듯한 반지하 텐트가 완성되었다. 그때서야 코빼기도 안 보이던 고참 상병 둘이 짚단을 들고 어디선가 불쑥 나타났다. 민가가 있는 대대본부까지 거리가 얼마인데 어디서 짚단을 구해 왔단 말인가. 멍하니 그들을 바라보는 사이에 짚단은 해체되어 바닥에 깔리고 벽은 상수리나무 가지들을 잘라 장식되기 시작했다. 입을 딱 벌리고 있는 내게 또 명령이 떨어졌다.

"야! 이등병 주변의 썩은 나뭇가지는 다 주워 와"

나는 정신없이 삭정이들을 주워 참호로 돌아왔다. 참호의 한쪽 벽은 어느새 작은 동굴이 뚫려 있었고 돌 받침대 위에는 군용 항고(밥통)가 올라앉아 있었다. 2/3쯤 물이 찬 채. 상병은 능숙하게 삭정이로 불을 피웠다. 물이 끓자 어디서 나왔는지 라면을 끓이기 시작했다. 아, 그때의 라면 끓는 냄새라니. 나는 그 냄새를 평생 잊을 수 없다. 곧 꼬들꼬들하고 자르르 윤기가 흐르는 라면 발이 건져졌다. 그러나 나에게 마술과도 같은 땅 파기와 짚단 구하기, 페치카 만들기를 보여 주었던 존경하는 고참들은 더 이상 '하나님' 같은 존재들이 아니었다. 반합 따가리(뚜껑)에 라면을 건져낸 고참들에게 나는 먹는 입을 가진 사람이 아니라 그냥 이등병 계급장을 단 투명인간이었다.

"야! 이등병 뭐해. 빨리 이 일병과 근무교대 안 해!"

나는 텐트 밖에서 경계 근무를 서고 있는 일등병과 교대했다. 어둠이 내리는 강원도 깊은 산골짜기의 눈 내리는 밤을 나는 그렇게 서 있었다. 2시간마다 교대하게 되어 있는 경계 근무자는 아무리 기다려도 오지 않았다. 군화가 꽁꽁 얼어붙었다. M-16을 든 장갑도 두꺼운 방한복도 다 소용없었다. 라면 냄새만 맡은 지옥 같은 혹한의 밤이었다.

그렇게 라면은 내게 언제나 '나눔'을 떠올리게 하는 '먹거리'가
되었다. 식구란 본래 함께 밥을 먹는 입을 가리키는 말이 아니던
가. 함께 밥을 먹는 사람들은 굳이 가족이 아니어도 얼마든지 가
능한 것이다. 나는 "콩 한 조각도 나누어 먹는다"는 우리의 속담
을 좋아한다. 그 속담 안에는 세상의 어떤 철학이나 경제정책보
다 더 근원적인 철학이 숨 쉬고 있다. 사람과 사람 사이의 관계
는 바로 이 '나누어 먹음'에 있는 것이다. 이것이 지켜지지 않을
때 사람들은 갈등한다. 힘으로 뺏고 빼앗는 전쟁에 이르게 되는
것이다. 전쟁이란 바로 나누어 먹지 않는 데서 생기는 것이다. 마
르크스의 『자본론』도 아담 스미스의 '보이지 않는 손'도 모두 이
나누어 먹기를 말하는 것이다.

세계적인 현상인 청년실업과 일자리 전쟁의 근본 원인도 마찬
가지로 '나누어 먹기'의 문제이다. 북한 핵 문제를 둘러싸고 벌어
지는 군사적인 각축의 본질 역시 같은 문제다. 그것은 어려운 국
제적 사건이거나 군사적 전략과 같은 문제가 아니라 바로 콩 나
눠 먹기와 같은 문제라는 말이다. 중국의 주석 시진핑은 건국 90
주년 기념을 위해 펼쳐지는 군사 퍼레이드를 향해 사자후를 토
해 냈다. '중국의 국가 이익'을 지키는 강군이 되어 달라고 말
이다. 트럼프 역시 "미국의 국가 이익에 저해가 되는 한미 간의
FTA 비준 협정을 개정해야 한다"고 소리쳤다. 모두 '이익'을 말
하고 있다. 쉽게 말하면 콩을 더 먹겠다는 말이다.

조선 중기의 우리 실학자들은 '가난을 걱정하는 것이 아니라 나누지 못할 것을 걱정한다'고 했다. 21세기 들어 인류는 전대미문의 문명사적 진보를 거듭해 오고 있다. 핵무기는 물론 원자력으로 통칭되는 핵에너지, 만능 줄기세포를 통한 150세 시대 진입을 외치는 생명공학, 로봇 산업을 선도하는 인공지능, 우주여행, 방안의 모든 가전기기를 스마트폰 하나로 원격 조정할 수 있는 사물인터넷, 인터넷 뱅킹, 무인 운전차량, 양자 컴퓨터 등 인류는 미증유의 특이점에 이르렀다고 해도 과언이 아니다.

그런데 정말 세계는 낙원이 되어 가고 있는가. 정말 세계는 평화롭고 안전한 곳이 되어 가고 있는가. 어디에도 그런 징후는 보이지 않는다. 이 문명 진화의 주인은 누구인가. 캠브리지에서 경제학을 가르치는 한국인 장하성 교수는 이렇게 말한다. "부자를 더 부자로 만들어 준다고 우리 모두가 부자가 되는 것은 아니다"라고 말이다. 장 교수의 말은 놀랍게도 '불환빈 환불균'의 정신을 닮아있다. 부를 증식하는 치열한 경쟁보다 부를 나누기 위한 치열한 경쟁만이 자본주의를 구원할 수 있는 유일한 길임을 그는 알고 있다.

하지만 이런 통찰력이 돋보이는 진단에도 불구하고 이미 세상은 '콩 나누어 먹기'에 실패한 황무지이자 화려한 사막에 불과하다고 진단하는 철학자도 적지 않다. 세계적인 석학 슬라보예 지젝은 지구촌의 하늘을 꿰뚫을 듯 치솟는 대도시의 마천루들과 끝을 알 수 없는 밤의 야경에도 불구하고 그것들은 결코 실재하는 것이 아니며 한낱 신기루일 뿐이라고 말한다. 그는 미국 월가에서 피켓 시위에 참여하는 한편 금융자본주의 극한 경쟁이 벌어지고 있는 세계를 향해 비꼬듯이 외쳐대기를 그치지 않고 있다. "실재의 사막에 오신 여러분을 환영한다"라고.

철학도 종교도 결국 어려운 것이 아니다. 지젝의 말은 나누어 먹지 않는 부자들만의 세계는 그저 환영과 같은 것일 뿐 실제로 존재하는 세계가 아니라고 말하고 있는 것이다. 나는 나에게 소망한다. 내가 부디 죽을 때까지 그 눈 내리는 영하 20도의 강원도 어느 이름 없는 산골짜기와 끝내 먹지 못한 라면 한 그릇의 냄새를 잊지 말기를.

○

미얀마는 왜
황금의 나라인가?

나는 종종 사물을 개념보다 색깔로 인지할 때가 있다. 미얀마는 내게 초록색과 황금색이 어우러진 나라로 인식되어 있다. 미얀마의 관문인 양곤에 도착한 여행자라면 누구나 황금 사원 쉐다곤 방문으로 일정을 시작한다. 60톤이 넘는 황금으로 뒤덮인 압도적인 스케일의 사원은 그 자체로 하나의 불교적 판타지를 이룬다. 이곳에서 맨발로 만나는 첫 번째의 놀라움은 화려한 황금빛 속에서 갖가지 포즈로 방문자를 바라보는 부처의 신상들일 것이다. 그다음은 어디다 눈길을 돌려도 시야에서 벗어나지 않는 초록빛의 열대 나무들이다. '대정원'이라고 불리는 양곤의 거대한 열대 수목들은 이 도시를 뒤덮고 있는 지붕과도 같다.

하지만 미얀마의 진짜 황금과 초록은 이것들만은 아니다. 그것은 미얀마의 수많은 낫 신들보다 더 많은 '이야기'와 종교적 형상을 지닌 '상징 디자인'이다. 미얀마 전역에는 400만 개가 넘는 황금 파고다가 있는데 이 파고다들과 함께하는 것은 다양한 형상의 부처상들이다. 불교적 설화와 상상력이 결합된 이 형상들은 거의 예외 없이 주변의 가장 높은 곳 즉 산꼭대기나 바위 위에 마치 고깔을 쓴 듯 서 있다. 황금 고깔을 쓴 산과 바위들은 수많은 이야기와 시각적 패턴이 모여 있는 '파수꾼'들의 자리이기도 하다.

디지털화된 현대사회의 핵심적인 요소를 미국 로드아일랜드 디자인스쿨의 존 마에다 총장은 '스토리'와 '디자인' 그리고 자신만의 맥락을 지닌 '전통'이라고 말한다. 애플의 성공은 스마트폰과 컴퓨터에 있는 것이 아니라 그 제품의 '디자인'에 있음을 전 세계의 모든 소비자들은 모두 잘 알고 있다. 디자인의 승리가 곧 시장에서의 승리로 이어지는 현대사회에서 확인할 수 있는 것은 기술과 기능도 좋아야 하지만 그보다 더 중요한 것은 아름다워야 한다는 것이다. 그렇다면 아름다움은 꼭 시각적인 감각을 충족시키는 것에서 비롯되는 것일까. 꼭 그렇지만은 않다는 것을 우리는 잘 안다. 신제품이 쏟아질 때마다 전 세계 TV와 지면을 도배하다시피 하는 광고들은 제품들의 성능과 디자인에 스토리를 입히기 위해 15초짜리의 짧은 드라마를 덧붙인다. 유명한 배우와 뛰어난 자연경관, 극적인 상황 등이 제품의 아우라를 돋보이게 하기 위해 동원된다.

광고들은 마술사의 주문처럼 속삭인다. "어서 나를 가지라"고. 광고에 속지 않으면 그만이라고 자신 있게 말할 수 있는 사람이 얼마나 될까. 광고는 은밀하게 제품을 소유한 계층과 그렇지 못한 계층을 나누도록 심리전을 펼친다. 현대의 광고는 뚜껑이 열려버린 판도라의 상자와 같다. VIP니 VVIP니 하는 것들의 욕망을 차등, 조작함으로써 사회적 신분과 욕망을 조작하기도 한다. 우리는 이런 광고의 상술을 욕하면서도 이를 완전히 떨쳐 버리지 못한다. 부와 소유를 둘러싼 눈먼 대중사회의 함정 속에서 우리는 허우적대는 셈이다. 하지만 이 자리에서 이런 광고의 윤리학을 논하고 싶은 생각은 없다. 내가 말하고자 하는 것은 첨단 제품을 둘러싼 스토리텔링과 디자인의 문제를 이야기하고자 하는 것이며 그것이 갖는 근원적인 힘에서 가장 우수한 경쟁력을 가진 나라가 미얀마라는 것을 말하고자 함이다.

미얀마는 실내나 사원의 내부 같은 '블랙박스'를 이야기의 공간으로 삼거나 디자인의 대상으로 삼기보다 '대지' 그 자체를 이야기와 디자인의 대상으로 삼는다. 그런 의미에서 한반도의 3.5배나 되는 미얀마의 거대한 땅덩어리는 불교적 상상력이 빚어내는 거대한 '랜드 스케이프(land scape)'라 불러도 별로 틀린 말이 아닐 것이다. 파안의 '사단 동굴', '에떼이빤 동굴'의 천정이나 벽에는 수많은 불교의 경전이 아로새겨져 있다. 일명 코끼리 동굴이라 불리는 사단 동굴은 코끼리 왕과 왕비의 사랑을 둘러싼 극적인 드라마를 품고 있는 곳이다. 거미와 선녀와 왕자의 설화로 유명한 삔디야 동굴 역시 마찬가지다. 총 8,000개의 불상이 안치되어 있는 삔디야 동굴의 설화와 사단 동굴의 설화는 수많은 버전으로 각색되어 지금도 무대에 오르고 있다.

미얀마인들은 모두 여기를 알고 있으며 즐길 줄 안다. 양곤 공항의 대형 벽면을 장식하고 있는 벽화나 에어 윙의 날개 로고는 모두 뻰디야 동굴에서 공주를 구출한 왕자가 공주와 함께 하늘을 나는 비천상에서 유래된 것이다. 미얀마 최초의 통일 왕조(바간 왕조)를 일군 제왕 아노라타와 장군 짠싯타가 적국의 공주를 두고 벌이는 사랑의 드라마 역시 지금까지 미얀마인들이 즐겨 무대에 올리는 대표적인 스토리다. 모두 뛰어난 극장성을 보이는 스토리들이다. 동굴들뿐만 아니라 산과 호수, 높은 바위와 나무, 산꼭대기와 싹구빤, 바다욱, 세인빤 등 갖가지 꽃 이야기에 이르기까지 미얀마 사람들의 이야기 능력과 이를 시각적으로 형상화하는 능력은 일일이 다 열거하기 어려울 정도다. 더구나 미얀마에는 서로 다른 언어를 쓰는 138개 종족들이 어울려 산다.

산족의 수도인 따웅지와 골든 트라이앵글의 중심 도시 짜인통 사이의 높은 산맥과 계곡 사이에는 수를 헤아릴 수 없는 소수부족들이 고립된 채 원시적인 문화를 고집하며 살고 있다. 인류학과 민속학의 보고인 이 지역의 '시원성'은 지구의 어디에서도 찾아보기 어려운 것이다.

상상력과 창조성을 외쳐대는 시대에 이야기와 형상(디자인)은 어떤 지하자원보다 중요한 '자원'이다. 하지만 이 자원이 무한한 것은 아니다. 일리아드, 오디세이에서 셰익스피어, 그리스 로마 신화에 이르기까지 서구 중심의 이야기 자원들은 거의 바닥이 나버렸다. 수없이 재탕이 되고 또 재탕이 된 나머지 이제 신선도가 없다.

이 자원을 바탕으로 영화와 연극, 그림, 소설들이 버전을 바꿔 가며 재생산되고 있지만 할리우드조차 더 이상 이 자원을 활용하려 들지 않는다. 한국의 영화 스토리가 할리우드에 팔려 나가기 시작한 지는 이미 꽤 오래된 이야기다. 자본과 근대화에서 밀려나 있던 덕분에 오히려 온전히 보존된 미얀마의 스토리 자원과 시각적 자원이 푸른 티크 나무나 황금보다 더 소중한 것은 이런 이유 때문이다.

라캉은 "자아는 상상을, 주체는 상징을 담당하지만 실제로 이 두 가지를 구분하기란 쉽지 않다"고 말한다. 하지만 그의 주장을 통해 참고해 볼 수 있는 것은 바로 인간의 자아 속에 숨 쉬고 있는 이야기 본능과 시각적 본능이다.

애플과 스타벅스의 상징 로고(디자인된 이미지)들은 성경의 창세 신화와 그리스 신화 오디세이(이야기)에서 차용해 온 것이다. 이 상징 로고들이 사과나 커피와 아무런 관계가 없음을 잘 알면서도 우리는 그 상징들이 지배하는 시장의 권력을 아무렇지 않게 소비하고 있다. 상상과 상징이 빚어내는 스토리텔링의 다양한 전개가 곧 현대의 힘이다.

디지털 시대, 구글 맵과 인터넷 검색 엔진 그리고 여러 플랫폼이 세상을 바꾸어 가고 있는 이 시대에 정말 필요로 하는 것은 역설적이게도 원형의 스토리와 시각 자원들이다. 인간의 오랜 과거는 이야기들이 집적된 무한한 크기의 데이터베이스이다. 따라서 이 데이터베이스는 새로운 이야기를 잉태하고 있는 상상력의 자궁이다. 새로운 이야기가 필요한 시대, 미얀마인들은 자신들의 뒤를 돌아보아야 한다. 거기 세계의 미래를 이끌어 갈 스토리와 디자인 자원이 황금처럼 묻혀 잠자고 있다.

○

인간, 주체를 상실한 포유류
- COVID-19

지구촌 사람들은 언제 어디서나 체온계라는 첨단 센서를 통과하며 살고 있다. 전 인류적 감시망이 구체화된 셈이다. 마스크를 쓰고 수시로 손을 씻고 다른 사람들과 거리 두기를 해가며 바이러스로부터 스스로를 지켜내야 한다. 사람끼리의 접촉은 죽음을 부르는 어리석은 행위로 주변의 눈총을 받는다.

중환자실에서 죽어 가는 부모도 사랑하는 사람도 유리창 너머에서 바라보며 이별을 해야 하는 미증유의 사태가 벌어진 것이다. 이러한 방식의 산 자와 죽은 자의 이별은 지금까지 인간이 겪어보지 못한 말할 수 없는 상실감을 주었다. 사랑하는 사람의 죽음에 대해 '무어도 할 수 없는', 심지어 이별의 의식조차 불가능한 죽음을 보편적인 것으로 받아들여야 하는 이런 사태는 인류의 존재감에 기묘한 허탈감으로 남는다. 인간은 더 이상 존엄한 그 무엇이 아니었다.

그러므로 코비드-19라 이름 붙은 바이러스의 창궐은 금세기를 강타한 그 어떤 재앙보다 더 치명적인 것이 되었다. 인류멸망의 시나리오 중 하나인 감기 즉 '바이러스'는 이제 상상 가능한 시나리오가 아니라 강력하고도 구체적인 위험이 되어 나타났다. 지구촌 전체에 가해진 이 재앙은 2차 세계대전으로 인한 죽음보다 더 많은 죽음을 양산했으며 아직도 그 끝을 알 수 없다.

과연 미국과 중국 러시아 등 몇몇 강대국들이 주도권을 쥐고 있는 '정치적 백신'이 새로운 인류적 차원의 재앙을 종식시킬 수 있을지 아무도 장담할 수 없다.

팬데믹이 장기화되면서 세계는 이 바이러스와의 전쟁에 피로감을 느끼고 있으며 '거리 두기', '마스크 쓰기', '손 씻기' 같은 개별적 수칙 같은 것들도 점점 약화되고 있다. 인류는 아니 인간은 어디로 가는 것일까. 이 사태의 원인과 결과, 처방까지 우리는 이 재앙에 관한 모든 정보를 알고 있으며 그에 따른 방어적 행동을 일상적으로 생활화하고 있지만 어디서도 안심해도 좋다는 희망적인 시그널은 보이지 않는다.

그저 벌어진 상황에 적응하고 있을 뿐 개개인일 뿐인 인간 하나하나가 여기에 주체적으로 대응할 길은 없다. 왜, 무엇이 우리를 이런 곤혹스러움에 빠뜨리고 있는 것일까. 모든 첨단 미디어들이 거의 무제한의 정보를 제공하고 있음에도 우리는 무엇 하나 주체적으로 해결할 수 없는 처지에 빠져 버리고 말았다.

백신과 방역 수칙은 어떤 제도나 법보다 강하고 우선하는 규범이 되었다. 모든 것 위에 우선하는 '절대적'인 명분, 이 규범 앞에 인류는 한낱 관리 대상일 뿐이다. 제도와 법률과 시스템화된 현대의 규범 앞에서 우리는 어느덧 인간 그 자체가 지니고 있는 신성한 가치 즉 '자신의 운명을 자신이 선택할 수 있는' '자유'를 잃어버리고 말았다. 국가와 문명과 백신의 통제 앞에 인간은 더 이상 자기 스스로의 운명을 결정할 수 있는 자유를 주장할 수 없게 되었다.

나의 감염은 곧 너의 감염으로 아니 전체의 감염으로 이어질 수밖에 없으므로 '감염'을 매개로 인간은 인종과 국가와 언어와 풍속을 넘어 '하나의 위협' 앞에 서 있는 '동일한 존재'가 되었다.

인류의 긴 역사 속에서 단일 종의 이런 일사불란한 통제가 생태계 내에서 이루어진 사례는 전무하다. 어떤 이데올로기나 체제도 이런 전면적 통제와 이해에 도달한 적은 없다. 국가라는 시스템과 의료 전문가와 그들의 의도를 정보로 가공하는 미디어들 이외에 이 문제에 발언을 할 수 있는 개인은 존재하지 않는다.

그렇다면 이제 바이러스 문제는 인류의 안전을 위해 인류를 통제하는 명분이자 절대적 조건이 된 것일까. 팬데믹의 발생에서 진행, 대처에 이르기까지 인간은 무엇이었으며 무엇을 한 것일까.

왜 전 인류적 재앙에 대한 해답을 언론과 바이러스 전문가와 정치가들이 모두 결정하고 판단하는 것일까. 왜 이 문제는 더 근원적인 문제의 확인으로 이어지지 않고 환자 발생의 현상이나 백신 공급 등의 현상적인 문제에만 매몰되고 있는 것일까.

변이 바이러스는 도대체 언제 변이를 멈추게 되는 것이며 그

변이는 어떻게 일어나는 것인지 여전히 알 수가 없다. 지구촌의 수백만 명이 죽어 간 이 미증유의 바이러스 전염이 언제 어디서 생겨났는지, 왜 아직까지 정확히 밝혀지지 않는지 정말 알 수 없는 일이다. 바이러스의 발생 원인을 모르는 한 변이는 계속될 것이며 인간에 대한 국가와 시스템의 통제는 계속될 것이다.

바이러스 혹은 전염이라는 문제 앞에 더 이상 인간의 주체성은 중요한 문제가 아닌 것이 되어 버렸다. '우선 살아남아야' 하는 것이 '현실'이니까 더 이상의 명제는 '우선순위'가 아니라고 외치는 자들은 누구일까. 전 지구적 재앙인 코로나 바이러스로 인해 확인된 문제는 인간 그 자체에 근원적인 질문이 이루어져야 한다는 것이다.

코로나 바이러스는 신의 채찍처럼 인류의 등줄기를 후려치고 있다. 과잉생산과 과잉공급이 주된 생산 양식인 자본주의 시스템은 과도하게 자원 소모적이며 생태계를 약탈하는 폭력적인 시스템이 된 채 백신 주도권을 두고 각축을 벌이는 양상에까지 이르렀다. '더 빠르게', '더 많이', '더 편하게'를 부르짖으며 자본의 무한 증식을 이어 가는 현대 자본 시스템 속에서 세계의 하늘길은 끊기고 2020년 4월 30일 기점으로 지구촌의 누적 확진자는 300만이 넘어가고 있다. 나는 나의 신체가 갇혀 있는 미얀마의 상황과 몇 가지의 의문만을 떠올릴 수 있을 뿐이다. 개인으로서의 무기력과 무대책 속에서 짧은 현상적 보고라도 남겨야 한다는 강박에 시달리고 있을 뿐이다.

미얀마의 경우 국경통제 강화로 무세 지역에 중국으로 수출하는 옥수수 트럭만 400대가 넘게 발이 묶여 있다. 식당들은 주문배달로 연명하고 있으며 매음과 강도, 좀도둑이 확연하게 늘어나고 있다. 미얀마 경찰청은 '집에서 머물기' 시행 후 도난, 사이버 범죄, 가정폭력 등에 대해서도 강력한 단속을 하겠다고 공지했지만 사회 문제가 줄어든다는 증후는 보이지 않는다. 미얀마 중앙은행에서는 세 번째 금리 인하 조치로 예금 최저 이율이 6.5%에서 5.0%로, 담보 대출 이율은 11.5%에서 10.0%로, 비담보 대출은 14.5%에서 13.0%로 인하되었지만 서민들의 생활이 개선되고 있다는 조짐은 별로 보이지 않는다.

그런가 하면 도시로 몰려온 빈민들과 소상인, 노동자들은 갈급하게 구호를 요청하고 있지만 뚜렷한 대책은 없다. 이런 가운데에 정부는 밤 10시부터 새벽 4시까지 통행금지를 실시한다고 발표했다. 양곤의 경우 460여 개 공장이 정부 지시대로 보건실태 조사 후 재가동 허가를 받았고 만달레이는 50여 개 공장이 허가를 받아 재가동에 들어갔다. 미얀마 사회보장위원회는 4월 20일부터 30일까지 공장 휴업을 명령했고 그 기간 동안 공장 출근을 하지 못한 노동자들에게 사회보장법 13(B)항에 의거하여 기본급의 40%를 계산하여 지급한다고 밝혔다. 미얀마에서는 재택근무 시행이 3월 24일부터 시행되고 있지만 잘 지켜진다고 볼 수 없다. 미얀마 전역 8,000여 곳 이상 검역소에서 50,000여 명이 격리 조치 중이지만 보건 의료시설이 열악하여 확진자가 늘어나도 해결 방법이 난감한 상황이다. 인류적 재앙이 닥쳐와도 여전히 빈국과 부국의 차별은 사라지지 않는다.

인류애란 단어는 이제 폐기되어야 할 단계에 이른 것이 분명해 보인다. 어쩜 코비드-19보다 무서운 것은 바이러스를 매개로 부를 축적하는 다국적 기업과 이를 기득권화하는 일부 국가들일지도 모른다. 인류는 이 재앙 앞에서 사라진 꿈과 이상 그리고 엘리어트가 노래했던 황무지만을 확인하고 있을 뿐이다.

○

미얀마의 물 축제

(띤잔Thingyan)

신은 올가미 씌우는 기술자다.

한낮에 물이 무대 위로 걸어 나온다. 4월 중순, 한 해의 더러움을 씻기 위해 도로변 가설무대에 모여드는 사람들, 무대마다 물을 맞고 가는 사람을 실은 트럭, 지프들, 아우성이 온몸에 젖어들어야 하고 새 옷 새 신발이 물에 빨려 들어야 한다. 사람이 사람을 축복하기 위해 뿌려지는 생명수. 그 속에는 신조차 미워하지 못할 영묘한 힘이 내재되어 있다. 나는 '떠자민'의 눈으로 신선처럼 서서 그들의 폭발하는 자유와 감응을 맛본다.

들판의 푸른 풀들이 다 말라비틀어지든 말든, 날것들 허기져울어 대든 말든, 창조의 신 브라만이 화내든 말든, 물벼락 한사코 뭇 사람 머리에 쏟아부으면 된다. 모든 것을 상대를 위해 채워야만 살아남을 수 있는 날, 머리카락 젖는 사소한 잘잘못 구별할 필요 없다. 만병통치 치료약 떠자민께서 우주선을 타고 돌아오실 수만 있으면 된다. 그 유산만 강물 되어 흐르면 된다.

그들이 믿는 전설의 존재는 쾌락의 물로 뿌려질 뿐

모르는 것에 대한 사람들의 목마름 뜨거울 뿐

모르는 것에 대한 사람들의 불온 무겁기만 할 뿐

사람들은 누구나 신 앞에 심판 받을 의무를 지니는 날

아스팔트 패어진 도로에 물이 고여 해가 지고 있다.

—졸시 「떠자민*의 힘」 전문

4월의 발자국 소리가 들린다. 4월이 돌아오면 주변 사람들을 찾아가 활짝 핀 벚꽃처럼 웃으며 머리에 물을 뿌린다. 인과응보를 알고 있는 젊은이들은 온몸을 비틀며 뿌려 대는 물이 순진하고 청아한 구애의 물이라고 받아들인다. 또 다른 그들은 최신 패션의 옷차림과 선글라스를 끼고 열광하며 축제일 동안 모든 사람의 너그러운 마음을 받아들인다. 이날은 그냥 물을 뿌리면 된다. 부드러운 물이 바위를 씻어 내리듯 바위를 뚫듯 물을 뿌리면 된다. 물에 얽힌 미얀마의 전설을 의도적으로 드러내고자 물을 마구 뿌려 대는 것은 아니다. 물이 흐르면서 마음을 더 낮은 곳으로 이끌듯 나는 네게로 간다. 그것이 오늘 물이 하는 말이다. 물이 본능의 더러움을 알고 씻어 내리기를 바라는 것이 축제

---

* 떠자민(Thagamin): 민간 신앙에 전해 내려오는 토속신이다. 인간의 잘잘못을 심판하며 신년의 띤쟌(어따예) 때 3박 4일 동안 지상에 강림한다고 한다.

의 본질이다. 이런 물의 축제는 그들 삶의 오래된 정신적 산물이 자 문화요 종교다. 건기가 막바지에 접어들면서 대지는 농부들의 손금처럼 갈라진다. 40℃를 오르내리는 태양열에 풀들은 말라 간다. 연중 최고의 더위 탓에 물이 귀해지는 때가 4월이다. 이 때가 되면 미얀마 전체는 물축제(띤잔, Thingyan)에 빠져든다. 띤잔은 새날 시작되는 설날이다. 띤잔은 긴 한 달간의 축제가 시작되는 성의 시작 날이다.

띤잔이란 미얀마의 설이자 만나는 모두에게 물을 뿌려 주는 신년축제를 말한다. 축제 하루 전인 4월 12일엔 선악을 판단하고 복을 주기 위해 온다는 신 떠자민을 환영하는 전야제가 벌어진다. 그리고 4월 13일에서 16일까지 그가 머물렀다 가는 동안 전국은 흥분과 기쁨으로 마음을 설레게 하는 물 축제가 열린다. 띤잔은 산스크리트어의 '띠따우'란 말에서 나온 것으로 더러움과 순수하지 못한 마음과 죄의식을 물로 깨끗하게 씻고 새로 태어난다는 정화의 뜻을 지니고 있다. 그러니까 우리의 송구영신이다. 이 축제 기간 중에 전국에 4백만 개가 넘는 불탑, 불상들도 물로 깨끗이 씻겨진다. 또한 순수하고 깨끗한 마음으로 웃어른의 머리를 감겨 주는 일도 이때 이루어진다.

미얀마의 새해는 태양이 황도 십이궁(수대에 있는 별자리들, 춘분점을 기점으로 황도 둘레를 12등분하여 그 구분 안에 있는 별자리에 붙인 이름)에 들어서는 4월 중순에 시작된다. 미얀마 달력은 태양에서 윤년에 드는 날(2월 29일)과 윤일이 든 달이 있는 브라만(고대 인도의 카스트 첫째 계급이자 가장 높은 지위인 승려계급으로 제사와 교법을 다스림)의 모형에 따라 고정되어 왔다. 그러므로 제일 더운 4월 16일 또는 17일에 신년을 맞이할 수밖에 없다. 이때는 떠자민이라고 하는 낫(Nats, 민간 신앙이 전해 내려오는 토속신, 정령숭배 신앙)의 왕이 하늘에서 땅으로 내려와 인간들의 잘잘못을 가려내는 기간이다. 이런 신화 같은 이야기는 힌두신화에 나오는 비의 신 인드라와 관련이 있다. 인드라 신이 인간 세상에 내려온다는 때를 맞춰 물을 공양하는 것이다. 물 공양은 4일 동안 이루어지며 이 기간은 매년 뽀우나(Pounna, 산스크리트어의 브라민에서 옴)라고 하는 점성술가에 의해 결정된다.

떠자민에게 잘 보이기 위해 미얀마 사람들은 띤잔 기간을 전후하여 사원이나 명상소에 들어가 참선을 한다든지, 현재 또는 미래의 행복을 위해 자선을 베푼다. 떠자민은 물의 축제 때 날개 달린 황금 말을 타고 온다고 한다. 떠자민은 신년을 맞는 미얀마 땅에 화목과 번영을 가져온다고 믿는다. 집집마다 그를 환대하기 위해 꽃과 나뭇잎으로 대문을 장식하고 방 안에는 뗴진꽃(Badauq pang, 개나리꽃 모양의 향기 나는 꽃) 향이 나게 한다. 여자들은 이 꽃줄기를 꺾어 머리에 꽂아 단장한다. 이렇게 온 국민은 새해 축제를 맞이하며, 거리로 뛰쳐나가 서로의 머리와 전신에 물을 쏟아붓는다. 찻길 옆에 군데군데 지어 놓은 임시 무대에서 춤과 음악이 요란하게 흘러나오고 뚜껑 없는 트럭, 지프 등을 이용해 많은 사람들이 무리를 이루어 거리를 누비며 물을 맞고 쏘아

댄다.

축제일 동안은 모든 일상생활 업무가 중단되고 어린이부터 어른까지 빈부귀천을 막론하고 거리로 나온다. 축복을 준다는 명분을 가진 물싸움은 서로를 향해 총알 대신 물을 쏟아붓는다. 물속에 얼음을 집어넣어 더 차갑게 만든 다음 호스, 세숫대야, 바가지, 주전자, 물총, 물통, 양동이, 드럼통, 소방 호스 등 온갖 기구를 이용해 뿌려지는 물에 사람들은 도취된다. 이렇게 축복의 아우성이 온몸에 흠뻑 젖어 든다. 이는 죄나 불행을 막아 준다고 믿기 때문이다. 축제일 동안 서로가 화내지 않고 서로를 이해하는 것은 그들의 전통적 믿음과 사랑이다. 축제 기간에 술을 마시거나 땅에 부어 신에게 제사를 드린 의례가 과거에 있었기 때문에 가끔 술 마시고 난장판을 펼쳐도 애교로 보아 넘긴다. 마치 유흥업소에라도 온 듯한 착각에 빠져 열광하는 젊은이들의 모습이 외국인 눈에는 아이러니할 수밖에 없다.

집에 있는 얌전한 아낙네들도 멋진 남자가 자기에게 물을 뿌려 주기를 은근히 바란다는 이야기도 재미있다. 축제일 때 뿌려지는 물은 미얀마 말로 어따예(Athaye)다. 어따는 인도어의 아므리따(Amrta, 불로)에서 그리고 예(Ye)는 니르(Nir, 물)에서 온 말이라고 한다. 즉 영원한 생명수라는 뜻이 된다. 지금은 어따예가 띤잔 축제와 같은 의미로 쓰인다.

가정에서는 아직도 물항아리를 연장자에게 정중히 바치고 물을 머리에 조심스럽게 뿌리는 의식이 행해지고 있다. 이렇게 믿기지 않는 새해 물축제 기원은 과거 신화 속에서 비롯된다. 옛날 인드라 신(떠자민)과 브라마 신(아티)이 까발라무니 성지 앞에서 수학 문제를 놓고 답을 낸 사람이 답을 못 낸 사람의 목을 베기로 약속했다. 그 결과 인드라 신이 답을 냈다. 브라마 신은 창조의 신으로 그의 목이 베어지면 지구가 산산조각나고 물이 말라버린다는 것을 만방의 사람들이 믿고 있었다. 그리하여 여신들로 하여금 브라마 신의 머리를 보호하자는 움직임이 일어났다. 이것이 축제의 기원이라고 전해진다. 인드라도 브라마의 머리가 없으면 큰 재앙이 있을 것이라는 사실을 알아차리고 그의 머리 대신 코끼리 머리를 베어 브라마 신의 머리에 올려놓았다. 그래서 브라마 몸에 코끼리 머리를 얹은 가네사 신이 생겨났다. 긴 시간이 흐르고 난 뒤 가네사 신은 시바 신의 아들로서 지혜와 부 그리고 초능력의 힘을 가진 신으로 자리를 잡았다고 한다.

미얀마 불교 신도들은 신년축제가 열리는 4일 동안 승려들에게 보시한다. 또한 이 기간 동안 금식도 하고 실천 수행하는 여덟 가지 참 덕목인 팔정도(정견, 정어, 정업, 정명, 정념, 정정, 정사유, 정정진)의 원리를 행하려고 노력한다. 장사꾼들은 축제 때 팔릴 물건들을 준비해 한몫 잡는다. 이때 절에서 사용되는 도구 및 생활용품이 가장 많이 팔리며 기부된다. 바강(Pagan)왕조 시대의 물축제는 종교적 정화 차원에서 왕이 크게 관심을 가지고 행해졌다. 특히 바강왕조 마지막 왕인 나라띠하빼띠(1254~1287)왕은 궁전에서부터 에야와디 강변까지 사람의 행렬을 만들어 물축제를 즐기도록 하였다고 한다.

물축제 마지막 날의 새해는 미얀마 전역에 경의를 표하는 총포가 울리고 악대의 음악이 울리고 꽃 장식된 차량들이 도시의 거리를 누빈다. 밤이 되면 풍자와 해학이 곁들인 연극과 민속무용, 음악의 향연이 보리수 7부 능선 아래로 달이 기울 때까지 계속된다.

○

변하고 있는 미얀마

조랑말이 눈을 가린 채 수레차를 끈다
마부의 목소리와 채찍에
앞만 보고 달린다

한 포기 풀만 먹고
어디서 힘을 끌어 오는지
마른 볼기 밑에 똥주머니 차고
거리거리 골목마다
종일 방울을 흔들며 누비고 다닌다

네댓 사람 정원 초과에 짐이 실리면
늘 얻어맞는 등짝,
눈물 대신 콧김 휙휙거린다

마부의 돈주머니는 웃고

저녁 어둠은 휴식을 몰고 온다

습벅이는 눈을 감고 꿈을 꾼다

하루 종일 매로 더러운 것 다 씻어 내린 탓인가

맞느라 몸은 쇠락해도

마음은 마부보다 풍성하다

오래 달려 속을 다 비운 탓인지

너를 위해 간절히 바라는바

채찍을 든 마부보다 크다.

―졸작「조랑마차 ‑ 삔마나와 주변 레웨이 마을」

미얀마 사람의 조상은 맨 먼저 몽과 크메르인이었다. 다음에 티베트계 버마인, 마지막이 13세기 중반 태국계 중국인들이 들어와 정착했다. 미얀마는 많은 민족으로 이루어졌지만 크게 8개의 민족으로 나눈다. 첫 번째 다수민족은 미얀마인(약 66%)이다. 버마인과 몽족, 태국계 중국인 등의 후손이다. 그리고 대부분 불교 신자다. 나머지 샨, 까엔, 까친, 까야, 친, 옴, 라카인 족이다.

미얀마 국민들을 가만히 들여다보면 산간지역 소수민족 몇 군데를 빼고 나면 대체로 내성적 성품을 가지고 있다. 군부가 오랫동안 주도해 온 정치와 종교 탓인지 융통성이 부족하고 주어진 조건에 안주하려는 성향이 강하다. 도리를 지키며 살아야 한다는 것을 중요시 여긴다. 살아 있는 동물, 파충류, 곤충까지 함부로 살생하지 않으려는 것도 종교 때문이라 할 수 있다. 축제가 많은 나라이기 때문일까? 마음이 여유롭고 시간관념이 약하다. 1948년 해방이 되기 전까지 약 백 년을 영국 식민지 속에 있었던 탓인지 다른 나라와 교류하려 하기보다 자신을 지키려는 의식이 더 두드러진다. 자국의 민족 간에도 상호교류(소통)가 단절돼 있는 경우가 많다.

　제삼자가 있는 가운데 상대를 헐뜯거나 비하하는 것은 언어폭행에 해당한다. 미얀마 사람들은 자존심이 높아 자존을 침해받는 것을 죽음만큼이나 싫어한다. 그러나 일반 서민들은 거짓말을 잘하고 자신의 잘못을 시인하지 않는다. 물건을 살 때 흥정을 하지 않는다. 내일에 대한 걱정이 적다. 주는 자가 고마워해야 하기 때문에 주는 것에 고마워하지 않는다. '뽀빠'와 '짜익티요' 처럼 정령신을 믿는 무속인들이 많다. 또한 점성술에 의지하는 관습과 전통도 적지 않다. 냉장고가 아직 귀하고 금방 만들어 먹는 습성 때문인지 먹고 남는 음식을 잘 버린다. 물론 물자가 턱없이 부족하다 보니 자질구레한 생활도구를 버리지 않고 재활용한다. 친척이 집에 찾아오는 것을 반기며 최선을 다한다. 좋은 일이든 나쁜 일이든 미소 짓는 것이 몸에 배어 있다. 언어 속에 여러 뜻을 나타내는 단음절어와 동음어 또는 어순 바꾸기로 농담과 유머적인 잡담을 즐긴다. 체면을 많이 따지기 때문에 공손하다. 남의 집을 갈 때 빈손으로 가지 않는다. 자식은 부모의 말과 촌장 말을 거역하지 않는다. 스승과 제자, 친척과 친척, 친구와 친구, 부모와 자식 간에도 어려울 때 서로 도움을 주지만 대가를 받으려는 기대 심리가 강하다. 미래지향적인 생각이 별로 없다.

자신의 건강 문제에 무관심하다. 학창시절 때 과목이 없어 배우지 못한 탓인지 예술(음악, 미술, 문학 등) 창작 부분에 무감각하다. 군부의 우민화 정책 때문인지 모든 일에 창조성과 계획성이 잘 발휘되지 않는다. 찾아 읽을 책들도 구하기가 쉽지 않지만 책 읽는 모습도 보기 어렵다. 가족이나 친척이 죽는 것을 큰 슬픔으로 여기지 않는다. 그리고 쉽게 잊는다. 이성관계나 도덕적인 것들에 예민하고 부끄럼을 많이 탄다. 자신이 태어난 동네를 떠나 어디론가 여행을 하고 싶어 한다. 그러나 민족이 다르고 언어가 다르기 때문에 여행이 힘들다. 배운 사람일수록 현 정부를 신뢰하지 않지만 불만을 밖으로 잘 발설하지 않는다. 그것이 얼마나 위험한 일인지 알기 때문이다. 현재의 삶에 대체적으로 만족하고 긍정적이다. 어떤 일에 문제가 있어도 해결될 때까지 잘 기다리고 참는다. 싸움을 잘하지 않지만 체면 손상과 자존심에 상처를 입었을 땐 무섭게 돌변해 버린다. 일찍 자고 일찍 일어난다. 그러므로 10시가 넘어서 전화를 하거나 방문하는 것은 큰 실례다. 특히 시골에서는 9시 전에 잠을 잔다. 모든 편의의 주인공은 제일 먼저 스님이라는 것을 알고 잘 지켜간다. 단 것과 짠 것을 잘 먹는다. 나이든 사람일수록 공덕 쌓기에 애를 쓴다. 준비성도 구체성도 없지만 언젠가 희망이 이루어지리라 생각한다.

해방 후부터 외국 이름의 거리를 자국 언어로 바꾸었다. 철로 주변에 밀집된 동네의 상가들이 4~5년 전부터 일반 동네와 같이 경기가 좋지 않다. 이유는 대형 트럭, 버스 및 픽업트럭이 늘어나면서 어디에서나 구매할 수 있는 상품과 운송이 편리해졌기 때문이다. 미얀마인 열에 아홉 정도는 겸손하고 남에게 어려움을 주지 않으려 한다. 좋은 것도 한두 번 사양할 줄 알고 부모 자식 관계에 있어서도 배려하고 양보하지 않으려 한다. 그러나 지금은 열에 여덟, 일곱으로 줄어 가고 있다. 여자들이 결혼할 때 지참금을 가지고 가지 않던 것도, 특별한 경우를 빼고 여자들이 주로 부모를 모시는 것도, 여자들만 죽어라 일하던 것도, 바지를 입기 시작한 사오 년 전부터 많이 바뀌어 가고 있다.

2007년 말에 옮긴 새 행정수도 '네피도'와 주변 '삔마나'가 크게 발전하고 있다. 대도시 형성에 앞서 시멘트 도로 포장이 네피도 전체를 거미줄같이 이어 놓고 있다. 시청 및 관공서, 공무원 아파트, 호텔, 상가, 공원, 골프장이 자리를 먼저 잡았다. 그리고 네피도에 '오빤다 빤디' 파고다(양곤의 쉐다곤 파고다보다 1피트 작고 모양은 같다)가 2009년 3월 10일에 완공되었고 세상에 알려졌다. 또한 3월 27일 국군의 날을 맞이하여 양곤과 네피도 구간 고속도로가 서둘러 개통됐다.

공무원이 개인 사업을 할 수 있기 때문에 공무 중에도 자리를 비우는 경우가 많다. 미얀마는 큰 도시 양곤, 만달레이, 몰레미얀을 빼고 모두 소도시로 이루어져 있다. 국경지대는 밀수와 농업, 마약 등에 의지하고 있다. 대개 농촌지역은 문화혜택이 거의 없고 오직 농사일에 매달리다 보니 정치와 거리가 멀다. 세끼 밥 먹는 것만으로도 그들은 만족하고 있다. 그러나 요즈음 농촌지역에는 젊은이들이 줄어들고 있다. 시내로 읍내로 공사가 벌어지는 지역으로 학교 또는 직업을 얻으러 떠나기 때문이다. 외국인은 늘 이방인으로서 푸대접을 받아 왔다. 그러나 문화 수준이 점차 높아지고 있어 이 또한 변하고 있다.

유튜브, SNS 등 다양한 미디어들을 통해 세계를 학습한 젊은 이들에 의해 의식과 풍속에도 많은 변화가 생기고 있다. 조랑말 같은 국민, 마부 같은 군부라는 미얀마 정치의 오랜 프레임이 언제 역전될지 아무도 모른다. 백오십 년 전부터 영국 및 현 정부로부터 자유를 얻지 못한 국민들은 우리 속에 갇힌 곰과 비슷했다. 2010년 선거 때문에 정부는 전기 및 물자공급과 편의시설을 늘려 가려고 애쓴다. 특히 경찰서 및 파출소 주변의 음식점과 상가들이 철거되고 있다. 까닭은 경찰과 유착되어 많은 비리가 발생했기 때문이다. 정의 사회, 밝은 사회를 위해 경찰이 모범을 보이고 권위를 세우겠다는 뜻일 게다. 깨옌민족(태국으로부터 전쟁 물자를 공급받아 현 군정과 싸우는 무장한 소수부족 중의 하나)과도 무장해제 등 평화 협상이 진척을 보이고 있다. 지금까지 샨, 까친 민족등은 킨윤 장군이 평화 협상을 이루어 냈지만 까옌과의 협상 과정에 실각하여 앞날을 예측하기 어렵다.

왕조시대의 낡은 사상을 탈피하지 못하고 '네피도'에 '오빠다빤디'라는 탑을 쌓아 옛 권력(권위)과 종교적 위력으로 민중을 다

스리려 하는 군부의 시대착오는 쉽게 이해가 가지 않는다. 조랑말의 비유를 다시 사용하자면, 몸뚱아리와 입 그리고 마음이 저지르는 흉악한 행동은 숨길 수 없다. 말도 마부도 모두 모순의 원인과 결과를 다 알고 있다. 서로 헐뜯고 싸우는 것도, 사람이 죽어가는 것도 모두 배를 채우려는 욕심 때문이지만 그것이 공정하지 않을 때 어떤 일이 벌어지는지 모를 수 없다. 인간들은 어느 나라나 부지런히 일하고 일한 만큼 행복하기를 원한다.

부당함에 저항하는 상대를 이해하지 못할 때 결국 화는 자신에게로 돌아온다. 그러니 타인들과 함께 살아가기 위해서 먼저 내 안을 잘 살펴야 한다. 개인이든 집단이든 마찬가지다. 이타적인 삶을 살며 즐겁게 덕을 심기 위해서는 내 일상의 일들이 즐거워야 한다. 혼자만의 욕심으로 유지될 수 있는 기득권이란 존재하기 어렵기 때문이다. 늘 타인을 향해 마음의 문이 양쪽으로 다 열려 있어야 하는 이유다. 사람은 오감에 약하다. 오감은 악마들의 고향이다. 인간은 끊임없이 속삭이는 마귀들의 놀음에 잘 속는다. 한순간에 패가망신하기도 한다. 마귀 놀음과 적당한 거리를 두려면 웃는 일에 게으르지 말아야 한다. 나는 미소가 아름다운 미얀마 얼굴과 웃음 짓게 하는 놀이를 사랑한다.

○

쉐다곤 파고다-양곤의 빛
(Shwe Dagon Pagoda)

지속되는 사랑이여!

내가 원하는 것은 오래오래 살갗을 파고드는

네 눈빛,

나는 그 고요를 바라보고 싶다

서슬 푸른 칼을 앞에 두고

양산도 없이 땡볕의 들대를 걸어가는

네 부끄러운 눈빛을 또 다시 보고 싶다

누대를 걸어온 흘란따야

빈사의 사랑이여!

내 젊은 땀이 흘러내리는 곳

발자국은 아직 뚜렷하기만 하다

빠알간 세인빠*을 위하여

바늘 같은 햇살 떨어져

드륵 드르륵 네 남루에 박히는데

빠라잉 강가

변함없이 함께 우는 흘란따야

건기와 우기 그리고 겨울의 문밖

우리들은 론지를 입고 따나카를 바르고

슬리퍼로 뒤꿈치를 때리며

너를 향해 걸어간다

다시 돌아올 내 가까운 시간 앞으로

불편한 마음 얽어매지 않는 흘란따야

잇대어 부르리 그늘 속에 있는 우리를

흘란따야 끈을 놓지 않는 너를.

　　—시「흘란따야**의 편지 – 양곤」

　양곤을 수식하는 말들은 다양하다. 사철 봄 없이 꽃이 피는 도

---

*　세인빠(포이시아나): 5월이 되면 붉은 꽃들이 화려하게 나무 전체를 뒤덮는 아름다운
꽃나무이다.
**　흘란따야: 오팔(OPAL)이라는 큰 봉재공장이 있는 미얀마 서쪽 산업 공단지역의 이름
이다.

시, 유난히 빛나는 별의 도시, 수목으로 가득 찬 대정원의 도시 등이 그것이다. 붉은 가사를 입은 퐁지(스님)들이 아침이면 맨발로 탁발을 시작하는 도시, 세계 최빈국의 경제 수도, 남자들은 치마(론지)를 입고, 여성들은 볼에 따나카(천연 선크림)를 바르고 데이트를 하는 도시, 붉고 푸른 티크나무의 도시, 붉은 잎담배 꽁을 사랑하는 도시, 푸른 옥과 붉은 루비가 즐비한 보석의 도시 등등 끝이 없다. 그러나 한 가지가 빠졌다. 양곤은 무엇보다 먼저 쉐다곤 파고다의 도시다. 양곤에 쉐다곤 파고다보다 높고 큰 건축물은 없다. 하나의 건축물이라고 하기엔 너무 크고 넓어 파고다 자체가 도시를 이루고 있다. 88년 양곤 민주화 대투쟁의 상징적 장소 역시 이 쉐다곤 파고다다.

양곤은 1755년 알라웅페야 왕이 '다곤' 지역을 정벌하여 세운 도시다. 영국 식민지 때 랭군이라 부르던 것을 1989년 군부가 식민 청산의 이유를 내세워 옛 이름 양곤으로 다시 바꿨다. 양곤이라는 뜻은 '분쟁이 끝나다'라는 뜻을 가지고 있으며 쉐다곤은 황금이란 뜻이다. '분쟁이 사라진 도시의 황금 불탑' 정도가 양곤 쉐다곤 파고다를 지칭하는 말이다.

양곤은 대정원의 도시였지만 지난 나르기스 때 수령 백년이 넘는 큰 나무들이 절반가량 쓰러져 50~60% 정도만 남았다. 그래도 여전히 푸른 나무들이 도시의 지붕을 이루고 있어 대정원의 위엄을 유지하고 있다. 양곤에는 산이 없다. 그래서 쉐다곤 파고다에 올라가면 평원처럼 펼쳐진 양곤 모두를 내려다볼 수 있다.

양곤의 강은 두 줄기의 라인강이 만나 이루어진 강으로 양곤 남단을 감싸고 흐른다. '양곤강'은 양곤으로 흘러들어 오는 '바고강'과 합류하여 바다인 안다만으로 빠져나가는데 이 강을 '미이와강'이라 부른다. 도시의 인구는 약 550만 명이다. 계절은 건기, 우기, 겨울로 나뉜다. 우기(5월 중순~10월 중순) 때를 맞춰 비를 맞보기 위해 관광을 오는 사람도 있다. 미얀마 사람들은 대개 비를 좋아한다. 한국 교민이 약 1,000명 거주하지만 역시 비를 좋아하는 사람이 많다. 미얀마 행정수도는 양곤이 아니다. 2005년 말 옛 왕조의 수도였던 만달레이와 가까운 네피도로 옮겼다. 양곤은 경제특구로 남아 여전히 경제활동의 중심을 이루고 있다.

이곳의 사람들은 늘 미소를 잃지 않는다. 미소의 나라라 불릴 만큼 사람들의 얼굴에서 부드러운 미소가 사라지지 않는다. 천 년이 넘도록 부처의 자비로운 미소를 보며 살아온 사람들답다. 양곤은 뚜렷한 산업이 없다. 싼 임금을 바탕으로 노동집약적인 봉제 산업이 양곤의 경제를 이끌어 가고 있다. 양곤의 흘란따야, 밍글라돈, 쉐삐다, 사우스 다공 등의 공단에 80% 이상의 봉제 업체들이 자리하고 있다. 한국 교민들이 운영하는 봉제 공장과 유관 산업들이 미얀마 경제의 한 축을 차지하고 있다. 양곤 시내 차량은 내가 처음 왔던 1999년 때보다 3배나 더 늘어났다. 이곳에 자리한 지 6년 만에 차량 소통이 원활하지 않은 러시아워를 겪고 있다. 양곤에서는 오토바이를 운행할 수도 없고 모든 차량은 경적을 울릴 수도 없다. 외곽 또는 골목에서는 무관하다. 이는 과거 군사정부가 시끄럽다는 이유로 금지시켰기 때문이다. 가끔 시내에 오토바이를 타고 다니는 사람은 군 기관이나 정보 요원이다. 양곤을 방문한 여행자라면 필히 둘러봐야 할 명소가 많다. 대표적인 몇 군데만 소개한다.

쉐다곤 파고다(Shwe Dagon Pagoda)

미얀마인 자존심이자 유네스코 문화유산으로 등재된 파고다다. 쉐는 미얀마어로 황금을 말하고 다곤은 지역 이름이다. 쉐다곤 파고다를 짓기 위해 지금의 깐도지 지역의 흙을 파서 60m 높이로 언덕을 만들었다. 흙을 파낸 자리가 양곤의 인공호수 깐도지다. 쉐다곤 파고다는 1453년 한따와디 왕조의 신소부 여왕이 40kg 황금을 보시하면서 재건축이 시작되었다. 1774년에는 신뷰신 왕이 황금탑을 다시 보수하여 탑의 높이가 99.36m에 이르게 되었다. 그 후 황금과 다이아몬드, 루비, 사파이어, 토파즈 등 많은 양의 보석이 보시되어 오늘날과 같은 진짜 황금 탑이 되었다. 탑 꼭대기 장식물에 부착된 다이아몬드만도 5,448개(총 2,100캐럿)이고 가운데 1개는 76캐럿짜리다. 루비가 2,317개, 사파이어, 토파즈, 금종이 1,065개, 은종이 420개 등 많은 보석들로 산을 방불케 하는 불탑을 쌓았다. 탑 외벽에 붙여진 황금판 무게만도 60톤이 넘는다고 한다. 미얀마 사람뿐 아니라 전 세계 불자들에겐 메카와 같은 성지다. 이곳은 동, 서, 남, 북 출입문이 있다. 동쪽 출입문 위에는 1435년에 담마제디 왕이 쉐다곤 건립 역사를 새겨놓은 석조판이 있다. 법당에는 옥불상도 모셔져 있다. 높이 990m다. 무게는 324kg이라고 한다. 쉐다곤 파고다 입구에서 가장 먼저 보이는 큰 보리수나무는 역사적 의미도 있지만 이곳을 찾는 재가 불자들의 참배 장소이기도 하다. 남서쪽의 아이를 품고 있는 불상은 아이를 갖지 못하는 사람이 가서 기도하면 아이를 낳을 수 있다고 믿는 영험한 신상이다. 서쪽 출입문 옆에는 탑 꼭대기의 보석 상황과 쉐다곤의 변천사를 담은 역사와 사진이 전시되고 있다. 북쪽 출입문에는 부처 전생담을 엮은 28가지 그림이 있다. 북서쪽에는 마하간다 범종(무게 23톤, 높이 2.2m, 직경 1.95m, 1775~1779년 제작)이 있다. 이 종은 1825년 제1차 영국과 미얀마 전쟁이 끝나고 영국군이 무기 제작을 위해 본국으로 이송하려다 양곤강에 빠뜨리고 건져 올리지 못했다. 이때 미얀마 스님이 영국 장교에게 이 종을 우리가 건져 내면 영국에 갖고 가지 않겠다는 약속을 받아 낸 뒤 대나무를 종에 감아 쉽게 강에서 끌어내 파고다에 옮겨 놓았다 한다.

파고다를 중심으로 빙 돌아가며 100개가 넘는 불상이 모셔져 있고 탑 둘레에 각 요일별로 지정된 부처상이 있다. 미얀마 사람들은 생일날 이곳에 와서 자신이 태어난 요일의 부처상 앞에 꽃과 불전을 놓고 소원을 빈다. 나이 숫자만큼 물을 붓는 의식을 행한다. 쉐다곤 파고다는 시내 어디에서도 바라다보인다. 쉐다곤 파고다는 2007년도 9월에 일어난 민주화 시위 당시 구국 기도를 드리고 민주화 투쟁의 불꽃을 피워 올린 곳이기도 하다.

술레 파고다(Sule Pagoda)

이 파고다는 옛날 몬족 사람들이 '짜익 아뚝'이라 불렀다. 이곳은 다운타운 중앙에 있고 영국 식민지 시절에 이곳을 중심으로 계획도시를 세웠다. 이 파고다는 인도의 아쇼카 대왕 시절 전법사로 미얀마에 들어온 소나와 우뜨라가 모셔온 부처님의 머리카락 8개 중 2개를 모시기 위해 세워진 것이라고 한다.

보타타웅 파고다(Botahtaung Pagoda)

양곤 강변 보타타웅 마을에 자리하고 있다. 보타타웅의 의미는 천 명의 장교라는 뜻이다. 약 2,000년 전 군인 천 명과 승려 8명이 인도로부터 부처님의 유물을 모셔와 안치한 곳이라고 한다. 제2차 세계대전 중 폭격으로 탑이 파괴되었을 때 고대 유물이 많이 발굴되었다. 그중에서 부처님의 치 사리와 불발(머리카락)이 발굴되었다. 이 치 사리는 중국으로 잠시 이운되었다가 1960년에 다시 돌아왔다. 높이 132피트인 보타타웅은 탑 내부로 들어갈 수 있는 구조로 되어 있어 탑 중앙의 불발을 친람할 수 있는 유일한 곳이다.

차욱타지 와불 사원(Chauk Htat Gyi Pagoda)

극락의 6층이라는 뜻을 가진 이 와불은 1980년에 '싸포따'라는 분이 설립했다. 미얀마에서 두 번째로 큰 와불로 1973년 보수

공사를 하면서 길이 넓이가 조금 늘어났다고 한다. 와불의 길이는 65.85m, 높이는 18.62m로 보는 이로 하여금 입을 다물지 못하게 한다. 와불 발바닥에는 108개의 문양이 새겨져 있고 이는 욕계 28, 색계 21, 무색계 59를 나타낸다.

까바에 파고다(KabaAye Pagoda)

이곳은 양곤 한가운데에 위치하고 있으며 근대에 와서 조성되었다. 미얀마 모든 종교행정을 담당하는 종교성이 자리하고 있다. 미얀마 불교의 핵심을 운영하는 곳이다. 또한 이 사원을 주목하는 이유는 인도의 아쇼카 대왕에 의해서 조성된 산치 대탑, 영국인 고고학자 알렉산더 커닝햄이 발굴한 부처님과 목련 존자, 사리불 존자의 사리가 모셔져 있기 때문이다. 이 사리들은 인도가 독립하면서 영국으로부터 반환된 것인데 미얀마 초대 수상 우누가 인도에 요청하여 분배받은 것이라고 한다. 까바에는 미얀마어로 '세계평화'라는 뜻이다. 파고다 주변에는 많은 건물이 있다. 그중 가로 139m, 세로 113m 되는 큰 홀은 만 명을 수용할 수 있다. 이곳을 '마하 빠자나라'라고 부른다. 인도의 왕사성 경전 1차 결집장인 칠엽굴을 본떠 조성한 곳으로 1954~1956년 경전 제6차 결집을 한 곳이다. 종교성 위쪽 승가대학은 미얀마 최고 엘리트 승려들이 모인 곳이다. 이곳을 졸업한 승려는 의무적으로 오지의 사원에 파견되어 교육혜택을 받지 못하는 아이들에게 교육자로서 봉사하게 된다. 정문 남쪽에 위치하고 있는 건물은 미얀마 보석 박물관이다.

쇠더맛 파고다(Swetawmyat Pagoda)

이곳은 까바에 길 옆에 위치하고 있다. 부처 송곳니 한 개가 모셔져 있다. 이 건물은 바간의 아난다 파고다와 쉐다곤 파고다를 모방하여 만들었다. 이곳에서 북쪽 마당으로 조금 걸어가면 국제 상좌부 불교 승려 대학이 있다. 승려 박사과정까지 공부할 수 있다.

국립 박물관(National Museum)

전시물이 상당히 부실한 가운데도 1908년 식민지 때부터 페야 박물관으로 명맥을 유지해 오다 1952년도에 설립되었다. 건물이 낡아 1996년도에 현재 삐 페이야로드로 이전하였다. 실내에는 바간에서 가져온 유물, 인도 왕이 쓰던 침대, 미얀마 고대 유물과 미술품, 왕실에서 사용했던 유품 등이 있다.

깐도지 호수공원(Kandawgyi Garden)

쉐다곤 대탑이 있는 싱구타라 언덕을 인공적으로 높일 때 이곳의 흙을 파내어 공사했다. 파낸 자리가 지금의 인공호수로 변한 곳이다. 지금은 울창한 숲과 잘 어울려 산책 코스로 아주 좋다. 2006년 새로 꾸민 호수는 더욱 아름답다. 힌두신 비슈뉴가 탔던 거대한 새 '가루다' 모양의 배가 떠 있는데 이 배의 이름이 '꺼러

웨익'이다. 내부는 대연회장으로 저녁식사 뷔페와 국립극단의 전통공연을 볼 수 있다. 이 공원은 연인들의 인기 있는 데이트 장소다. 쉐다곤 파고다에서 비추는 금빛이 이 호수에 젖어들 저녁 무렵에는 보기 드문 찬란한 한 폭의 그림이다.

인야 호수(Inya Lake)

깐도지 호수보다 약 5배나 크다. 양곤 도심 삐 로드 6마일 지점에 자리 잡고 있다. 특히 자전거 타기와 저녁 산책이 좋다. 호수 주변에는 고급 주택들이 많고 주변에는 양곤 대학도 함께 있다. 일요일과 공휴일이면 많은 사람들이 이곳에 나와 즐긴다.

보족 아웅산 시장(Bogyoke Aung San Market)

옛날 식민지 시절(1926년)에 건설한 미얀마 최대의 재래시장이다. 시장 안에는 각종 기념품, 옥을 중심으로 한 각종 보석류, 골동품, 그림, 환전 등 다양한 물건들이 판매된다. 이곳에서는 물건 값의 반을 깎아 사야 한다. 독립영웅 아웅산 장군의 이름을 따온 시장이다. 미얀마 여행자들이 꼭 들르는 코스다.

미얀마 민속촌(Union of Myanmar Races Park)

미얀마의 여러 민족들의 집과 삶의 문화를 조금이라도 느껴 볼 수 있는 곳이다. 미얀마에는 약 180여 종족이 살고 있다지만 그중 까친, 까야, 까린, 미얀마(버마), 몬, 라카인, 샨 족 등 큰 민족들의 가옥만 전시해 놓았다.

동물 정원(Zoological Garden)

이곳은 깐도지 호수 남쪽에 있고 영국 식민지 때(1901년) 개장했다. 2004년에 새롭게 단장한 시민들의 휴식공간이다. 하마, 수달, 사슴 등에게 먹이를 줄 수 있다. 또한 원숭이 등 포유류가 60종이 넘고 조류가 40종이 넘는다. 파충류도 15종이나 있다. 아이들에게 상당한 인기를 얻고 있다.

양곤 도시(외곽)

순환 열차 순환 철도가 운행하는 역은 모두 38군데가 있다. 열차가 낡고 냄새가 고약하고 지저분하지만 서민들에게 없어서는 안 되는 유일한 교통편이다. 일주하는 시간은 2시간 40분 정도 걸린다. 시내 주변 외곽 지역의 풍광을 맛볼 수 있다.

양곤의 과일(띳디)

가게 양곤은 미얀마에서 제일 큰 도시로 전국에서 계절마다 싱싱한 과일이 모여든다. 미얀마 과일은 대개 품종 개량을 하지 않아 크기도 작고 모양도 탐스럽지 않고 당도가 다소 떨어지지만 자연산이라는 그 자체만으로도 입맛을 당기게 한다.

우기(5월~10월)에 많이 나는 두리안(두잉디)과 망고(떠옛디)가 있다. 망고는 종류가 30가지가 넘는다고 하나 그중 세인떨롱(다이아몬드 한 피스)과 마치수라는 망고의 품종이 맛이 좋다. 두리안은 과일의 왕이라고 부르기도 하는 향이 강한 과일이자 먹으면 열이 많이 난다. 그러므로 두리안과 함께 먹는 과일이 망고스틴(밍굿띠)이다. 망고스틴은 열을 내려주기 때문이다. 특히 여자들과 아이들이 좋아한다. 달콤한 하얀 과육이 입을 즐겁게 한다. 과즙에 얼룩이 지면 잘 지워지지 않는다. 과일 가게에서는 실과 바늘처럼 망고스틴이 있으면 두리안이 있다. 파파야(떤보디)는 소화효소가 많아 후식으로 꼭 먹는다. 커스티드 애플(오자디)은 연꽃 몽우리처럼 생겼다. 이 과일은 모양에 비해 맛이 좋다. 까먹는 재미도 있다. 다만 씨는 아이들이 먹으면 좋지 않다고 한다. 바나나(응아뽀디)와 수박(퍼예디)은 미얀마에서 계절 없이 계속 나오는 과일이다. 바나나와 수박을 한국처럼 약물로 숙성시키지 않고 자연 그대로 익은 것이기 때문에 신선하고 아무리 먹어도 탈이 없다.

○

아이 울음

처처에 꽃잎 붉다 세인빠

아이 눈물에 어리는 어미의 얼굴

부스럼 머리에 앉은 아이, 어미는 십육 세

젖이 안 나오는지 아이가 운다

가량없이 쳐다보는 하늘은 먼데

내 등은 얼마나 듬쑥했는지

나는 아이 대신 울음을 지고 간다

허기지면 살아있는 모든 것들이 운다

나도 저렇게 울며

녹슨 뼈를 들고 걸어서 왔다

허기져 울면서 왔다

오직 사람으로 살기 위해

아리잠직한* 아비는

저녁이 되어서야

싸이카 바퀴를

삐걱이며 돌아온다

시궁발치 열 식솔 바라보는

젖은 자리로 날마다 그가 왔다.

　—졸시 「아이 울음」

　삶은 혼자 살아가는 것이 아니라 했다. 혼자만 남겨진 듯 쓸쓸
해지면 나는 양곤 외곽의 가난한 동네를 기웃거린다. 문득 아이
울음에 발을 멈췄다. 태어난 모든 것들은 무엇보다 먼저 먹을 권
리가 있는 법인데 저 소리는 배고파 우는 소리다. 아이의 어미는
비록 어리지만 울음을 멈춰 보려 젖가슴을 더듬거린다.

　아이 울음 뒤에 선 나는 이들을 통해 먹는 일의 단호함이 어떤
것인지 다시 배운다. 모든 살아 있는 것은 다 행복할 권리가 있
다. 맞는 말이고 옳은 소리다. 그러나 그것이 말만큼 만만한 일이
던가. 머리카락을 쭈뼛 일으켜 세우는 아이 울음이 나의 고막을
친다. 태어난 지 며칠 지나지 않은 아이도 절박함을 아는지 울음
이 지나가는 자리가 베인 듯 쓰리다. 어떻게 할 것인가. 서둘러

---

* 아리잠직하다: 키가 작고 얌전하여 어린 티가 있다.

우유를 구하러 달린다. 나는 언제까지 달릴 수 있을까. 야자 잎과 줄기를 엮어 만든 얇은 벽에 아웅산 장군의 사진과 그의 딸 아웅산 수지의 사진이 나란하다.

그 옆 작은 선반 위엔 장난감처럼 조악한 조그마한 불상과 조화가 놓여 있다. 불상과 벽에 붙은 아웅산 장군의 사진이 아이의 허기를 덜어 줄 수 있다면 얼마나 좋을까. 복이 바퀴를 달고 스스로 굴러 들어오는 기적이 열여섯 어린 어미에게 찾아올 리 없다. 나는 이 딜레마를 벗어날 길이 없다는 것만을 다시 깨닫는다. 하지만 어떻게 하랴. 나는 며칠 후면 또 배고파 우는 아이를 찾을 것이다. 내가 정말 부자였으면 좋겠다. 온 세상의 배고픈 아이들이 울지 않을 수 있을 만큼 말이다. 내게 그만큼 많은 돈이 있으면 배고픈 아이들은 울지 않을 수 있을까. 나는 이 괴리감이 너무나 무섭다. 이 문제는 나라도 해결하지 못한다고 말하는 사람도 법과 제도를 통해 해결할 수 있다고 큰소리를 치는 사람도 다 무섭기만 하다. 용서와 양보가 필요하다고 외치는 사람들도 무섭기는 마찬가지다. 이럴 때 비라도 내렸으면 좋겠다. 미얀마의 그 깊고 푸른 밤이 얼마나 무서운지 아는 빗방울이 그립다.

인도네시아는 350년 동안 네덜란드로부터 통치를 받다가 2차대전 당시 3년 반 동안 일본의 지배를 받으면서 악랄한 수탈을 감내했다. 인도네시아 사람들은 일본을 미워했지만 전쟁이 끝나자 용서를 하고 말았다. 마찬가지로 미얀마도 약 100년간 영국의 식민지였다가 역시 2차대전 당시 3년간 일본의 지배를 받아야 했다. 이 3년 동안 수많은 지식인들과 독립지사들 민간인들이 학살당하는 지옥을 겪었다. 그러나 미얀마 역시 전쟁이 끝난 뒤 일본을 용서하고 말았다. 미얀마는 전쟁으로 인해 극심한 식량난을 겪던 일본에 대량으로 쌀을 보내 주기까지 했다. 인도네시아나 미얀마 사람들의 용서와 관용은 과연 무엇이었을까.

지구촌이 하루에 생산하는 식량의 총량은 75억 인류를 하루 세끼 씩 두 번을 먹일 수 있을 만큼의 양이라고 한다. 그런데도 지구촌의 1/3은 기아와 굶주림에서 벗어나지 못한다. 지구촌의 지도자들 중 왜 그런지 모를 만큼 어리석은 사람은 없다.

나는 그들에게 매일 한 줄의 편지를 쓴다. "허기지면 살아 있는 모든 것들이 운다!"고.

○

핀마나의 꽃, 떼진

엔은 멀리 떨어져 키우는

내 동냥젖 피붙이다

뒤본 것을 치우고 새 옷 갈아입히며

뒤듬바리 같은 가시내를

떼진답게 키웠다

어비는 오래된 적금을 헐었고

엔은 겉과 속이 꽉 차게 커 빛이 났다

때론 칼날 볕에 초췌해진

아비가 헤근헤근 바랜 몸을 이끌고 말없이

엔을 일으켜 세웠다

엔은 어느덧 찬찬한 신부,

우뚝 선 떼진이 되었다

네 귀한 이름으로

온 세상의 사람들과 2007년 2월 8일

혼례를 치렀다

아, 너의 몸과 사랑, 의분을 지키며

구름처럼 흘러가는 세계를 일으켜 세운다

한뉘 환한 겨울 꽃 떼진.

─졸시 「떼진(Thazin)꽃 - Pyinmana」

떼진(Thazin)이란 미얀마의 겨울 꽃 이름이다. 길고 둥근 땅콩 크기의 뿌리에서 줄기 싹을 틔운다. 그 줄기 꽃대에서 화경들이 나와 난초 꽃잎 모양의 하얀 꽃이 핀다. 향이 좋은 난초과의 꽃이다. 옛날부터 미얀마 여자들은 머리 위에 꽃을 꽂았지만, 떼진 꽃은 왕비들만이 좋은 자리에 나설 때 머리에 꽂았다고 한다. 요즈음은 결혼식, 졸업식 등 귀한 날 여자들이 머리에 꽂는다.

늘 환한 웃음이 배인 듯 수줍은 떼진 꽃, 떼진은 엔(Nilar)이고 엔은 내가 네피도 옆 핀마나 읍에 세운 호텔 이름이다. 엔은 아름답고 단아한 몸매를 푸른색과 흰색으로 단장했다. 적당한 3층의 높이의 키에 세련된 표정이 정겨운 내 집이다. 그렇게 엔은 호텔 이름 떼진이 되었다. 이 단아한 호텔에 가면 엔을 만날 수 있고 엔이 없다면 당신은 떼진 꽃을 볼 수 있다.

떼진의 내부는 19개의 크고 작은 방을 거느리고 있는데 심장부를 통해 오르는 3층 구름계단이 아름답다. 시멘트 슬래브의 확 트인 지붕에서 보는 하늘이 넓다. 별들이 눈부신 저녁 하늘은 덤이다. 달빛과 함께 미얀마 병맥주를 한잔씩 들이켜면 신비한 미얀마의 밤이 시원하게 가슴으로 스며든다. 홀로 이곳을 찾은 여행자라면 달빛에 비치는 떼진의 얼굴이 한국에 전송되는 것을 볼 수도 있다. 시 「떼진」은 헌화가다. 어느 한국 시인이 스스로를 향해 바치는 사랑의 노래다. 호텔 로비에 붙어 있는 이 헌화가와 떼진 꽃을 보러 그는 떼진에게 간다.

나는 떼진(엔)을 사랑해 핀마나의 조용한 들판에 자신을 눕히고 싶었다.

오늘도 한 사내가 핀마나의 떼진을 위해 달린다. 열차 바퀴 소리는 말발굽 소리와 같다. 말이 바람을 가르며 광활한 초원을 달릴 때 하늘의 구름과 대지의 꽃들은 사내의 뒤로 사라져 간다. 말발굽 소리가 빨라질수록 세상은 더 빨리 등 뒤로 멀어진다. 사랑에 빠진 사내가 덜컹거리는 기차 바퀴와 달리는 말발굽에 마법을 건다. 그는 모두에게 낯선 시인이자 마법사다. 그는 허공에 손을 집어넣어 미얀마의 겨울 꽃 떼진을 모두의 눈앞에 꺼내 놓았다. 흰 겨울 꽃은 그의 부적, 달리는 이방인은 자신에게 주술을 걸며 사람들 속으로 간다. 그는 미얀마 사람들도 그와 함께 달리고 있다고 믿는다. 그가 달리는 곳은 언제나 하루 먼저인 내일이다. 그는 오늘이 내일이기 위해 시간 속에 속도의 마법을 걸어 놓았다. 하루를 먼저 사는 사내, 그에게 내일은 없다. 그는 지금 이곳을 달리면서 오늘의 세상을 지우고 지워 버린 오늘의 세상을 만들어 낸다. 동시에 사라지면서 동시에 현현하는 지금 이곳이 그에겐 영원한 내일이다. 그는 이렇게 달리며 하루 먼저인 세상을 산다. 오직 떼진을 위해. 아니 떼진을 지우기 위해. 한낮 내내 기차가 달려도 아직 핀마나는 멀다.

　미얀마의 남쪽 양곤에서 북쪽으로 기차여행을 하다 보면 1월부터 3월까지 열차 양쪽이 푸른 콩밭으로 가득 찬 바다가 펼쳐진다. 검은 말처럼 들판을 달리는 열차는 드넓은 바다를 헤치며 덜컹거리는 리듬을 탄다. 그 리듬이 만드는 역동적인 박자 속에서 푸른 콩잎들이 등 뒤로 빠르게 밀려 간다. 부지런히 달리는 열차라야 시속 40~50km 정도다. 달리는 것이 아니라 말처럼 뛰는 것에 가깝다. 말을 탄 승객들은 온몸이 뒤틀린다. 엄지발가락에 힘을 주고 몸의 균형을 잡아야 할 정도다. 흔들림 때문에 반나절만 달려도 몸이 무거워 피로하다.

　미얀마에서 농사짓는 농부는 정부로부터 50~60년 동안 농토 경작권을 얻은 뒤 농사에 관한 일들을 신고해야 한다. 대개가 쌀농사를 하지만 트랙터와 경운기 한 대 없이 벼농사와 밭농사를 품앗이로 해결해야 하기 때문에 힘이 많이 든다. 농부들은 서로에게 품앗이들이다. 그들은 서로 배척당하지 않으려고 남의 일을 열심히 해 준다. 그렇게 쌀농사를 짓고 1년에 한 번 쌀 수확을 하게 되면 수확된 것 중 50%를 빨간 완장을 찬 아저씨들에게 바친다. 그들은 정부 수매 가격으로 싼값에 쌀을 사 간다. 그해 한 번 쌀을 수확하고 나면 콩을 심던 팥을 심던 정부로부터 간섭을 받지 않는다. 그러나 그다음 해에 벼농사를 지을 수 없는 처지에 놓이면 정부에 토지와 농기구 등 모든 것을 반환해야 한다. 천재지변으로 농사가 결딴났을 경우 정부로부터 보조가 나오기도 하지만 빨간 완장들과 함께 결산을 해야 하는 쌀농사는 재미가 없다. 그러므로 농부들에게 콩 재배는 자기 마음대로 결과를 볼 수 있는 해 볼 만한 사업이다. 그런 상황을 먼저 냄새 맡은 콩 상인들은 농부들을 찾아가 미리 씨앗 값을 지불하고 수확 철이 되면 싸게 콩을 사 간다. 이런 콩들은 대부분 인도와 한국으로 수출된다. 사내는 한국의 콩 수입자들을 도와주면서 얻는 수익들을 모아 핀마나의 떼진을 키우는 데 모두 사용했다.

사내는 아직도 반나절은 더 남은 네피도 인근의 핀마나를 향해 말을 몰아야 한다. 계절마다 늘 푸르고 번잡하지 않은 땅, 아날로그 농부들의 군락지, 공무원들의 말쑥한 새 아파트, 서정이 듬뿍 담긴 들판, 환한 전깃불, 굵은 나무들이 빨리 오라 손을 흔든다. 미세한 섬모들이 돋아나 있는 도마뱀이 기차 천장을 지상처럼 달린다.

옛 왕궁 터를 기틀 삼아 새 행정 수도가 된 네피도! 핀마나는 네피도로 들어서는 입구 즉 관문 같은 소읍이다. 네피도에 일이 있어 들르는 여행자들은 반드시 떼진을 만날 수밖에 없으리라. 떼진이여! 너는 이제 자긍심이 배어 나오는 따뜻한 웃음 잃지 않아야 한다. 땡볕 떨어져 풀잎들이 타들어 가도, 폭우가 쏟아져 마을을 휩쓸어 가도 네가 떼진임을 잊지 말아야 한다.

좀 쉬어 가면 좋겠다 싶을 때쯤 목적지 핀마나에 도착했다. 비를 맞으며 자전거를 수리해 주는 늙은이가 반갑다. 얼굴이 익은 노인의 손등에서 빗방울이 튕겨 나오며 반짝인다. 사랑에 빠진 사내는 마음에 날개를 단 듯 돌아온 핀마나에서 다소곳이 손을 내미는 떼진을 겨우 만났다.

먼바다를 넘어온 사내는 네피도 근교 핀마나에 '호텔 떼진'을 세우기 위해 철로가 반짝거릴 만큼 들락거리던 때를 떠올린다. 몇 년을 벼르고 공을 쌓아 그녀를 키웠던가.

"아, 미얀마, 사랑하는 떼진(엔)이여" 사내의 가슴에서 떼진 꽃이 무리져 피어오르다 사라진다.

○

저녁 풍경이 말을 건네신다

– 바간

티검불 묻은 채 일어나셔서

나를 맞이하는 2,500개의 검붉은 탑

무아의 경지는 저렇게

내 마음을 붙들어 매어 나비가 되듯

가난한 얼굴들을 환하게 만드신다

관솔불에 밥 짓는 연기와

반찬 조리는 냄새가 솔솔

코끝까지 내려

집 밖으로 나갈 때

하늘이 누룽지처럼 탄 채 오고

내 발등을 간질이는

벌판의 까마귀 떼 울음소리

사람 사는 집 가까이

키 큰 나무를 불러들인다

숲을 헤치며 바쁘게 뛰어다니던

카멜레온 칙칙한 몸 빛

어딜 숨기시는지

바다 같은 에야와디강을 가로지르는 캄캄한 새 한 마리

해 뜨면 탑으로 돌아오는 것이다

가는 것 나는 것 모두가 어둠을 이겨내야 하는 것

탑의 긴 그늘처럼

살아있는 한은 사랑하는 법을 배워야 하는 것이라고

저 수많은 탑들이 앉아 계시는 동안

사랑은 이어지고, 지켜보고 계시고.

　　―졸시 「저녁 풍경이 말을 건네신다」

　가오리같이 생긴 나라, 방글라데시, 인디아, 차이나, 라오스, 타일랜드를 접하고 인도차이나반도 속에 벵골만과 안다만해를 끼고 있는 나라. 남북의 길이가 2,050km 동서가 935km로 우리 한반도보다 약 3.5배 더 크다. 동아시아 반도 중에서 제일 큰 나라가 될 수 있었던 것은 바간의 탑들이 있었기 때문이 아닐까 싶다.

　파고다(불탑)의 유래를 보면, 부처가 열반 후 재가자들이 부처의 설법을 들을 수 없게 되자 부처님의 사리를 모신 사리탑에 더욱 경배하게 되면서 탑이자 사원인 파고다의 건축이 시작되었다고 한다. 나중에는 탑의 건축이나 경배가 재가자들에게 큰 공덕을 쌓는 것으로 여겨져 가속화되었다. 바간에선 천년 전 아노레

타 시절 5,000기가 넘는 탑이 세워졌으나 지진과 전쟁으로 반 이상이 소멸되었다. 탑은 수행자들의 용맹정진과 절차탁마의 경지를 드러내는 가시적인 표상이 된 셈이다. 그러나 탑은 지난 시간의 기억을 축적해 놓은 집적물도, 우리 의식 속에 쌓아 온 삶의 세속적 흔적일 수도 없다. 탑은 깨달음을 향해 걷는 길 속의 길이다. 그러므로 수행자의 길은 막힌 벽 저 너머로 이어지는 불립의 공덕이자 낮은 곳을 향해 되돌아오는 텅 빈 빛남이다.

파고다와 불상의 형상들이 황금빛으로 빛나는 것 또한 공덕을 얻어 쌓기보다 고통받는 것들과 함께하기 위해 스스로를 버리는 데 있기 때문이다. 다른 생명을 위해 자신의 생명을 버리는 순간의 황홀과 가장 유사한 빛은 햇살과 같은 황금빛뿐이다. 그러므로 그 빛은 이미 사라져 투명해진 빛이며 지혜로운 사랑의 빛이다. 저물녘 빛나는 바다를 향해 흘러가는 탑의 그림자는 마땅히 제 근거지를 떠나 떠도는 외로운 이산자들(디아스포라), 권력의 폭력에 의해 근거지를 박탈당한 유배자들, 큰 죄를 지었거나 자신이 믿는 신념을 위해 스스로 갇힌 자가 된 장기수들의 마음을 껴안는다. 관음은 낮은 곳의 뭇 생령들을 환영한다. 그들은 고귀함을 우대하며 존재 자체의 순수를 사랑한다. 삶의 밖에서 안으로 들어오는 가파른 논리적 사고나 평면적인 옳고 그름에 얽매이지 않으며 반성 없는 독선을 끝없이 경계한다. 수많은 지혜의 벽돌로 축조된 파고다는 자신의 강한 의지를 강물에 띄워 보내듯 하나하나 햇살 속에 풀어놓는다. 그렇게 세계와 하나가 된 파고다는 깨달은 존재들의 집이 된다.

햇살이 웃는다

붉은 벽돌 속을 파고드는 햇살
떨어져 사라진 마음을 비춘다
사라진 둥근 마음속
황금 옷을 벗은 네가
빙그레 웃는다

마음이 햇살 같지 않을 때
나는 숲속에서
빠져나오지 못하고
밑 없는 낭떠러지를 바라보며
짐승 같이 늙은 바위가 된다

모두가 오래 서 있을 수 없어
무궁함을 바랄 뿐
이미 흙인 것들은
내가 왜 여기 살아 웃는지 모른다
아무 것도 모르는 너와
나는 비로소

햇살이 웃는 까닭을 배운다.

─졸시 「햇살이 웃는다」 전문

이곳에는 강을 건너고 바다를 건너 대륙을 횡단하는 철새들이나 사막을 가로지르는 낙타의 두꺼운 발바닥이 없다. 그러나 인간 존재의 심연을 뒤흔드는 대자연의 풍광과 오랜 시간이 이끌어낸 불탑이 있다. 파고다 즉 불탑은 하나의 성격을 가지고 있으며 그 성격은 스스로 제 안의 갈등을 지워 무념에 이르는 힘을 지니고 있다. 저들은 우두커니 서서 날마다 노을에 온몸을 씻어 내리며 살아 있는 세상 모든 것 신음소리를 바라다본다.

저들은 사회의 관습과 이데올로기를 뛰어넘고 결핍된 욕망과 부재의 상처를 초월하는 탁마의 형상이다. 시도 때도 없이 자신도 모르게 죽어 가고 있는 찰나의 세계에서 걷다가 뛰어가고 있다는 것을 느낀다면 그것은 내가 알 수 없는 어떤 것에 닿아 있기 때문이다.

고층 건물과 자동차들 그리고 아파트와 백화점과 갈수록 복잡하고 시끄럽게 내달리는 양곤을 떠나 바간을 찾는 까닭은 어떤 목마름과 갈증 때문이다. 그러나 바간에 들어설 때마다 나는 전혀 다른 세계의 문을 열고 들어서는 것처럼 존재감의 변화를 느낀다. 내가 탄 비행기가 에어홀에 빠진 것처럼 이상야릇한 기분을 느끼게 하는 곳이 바간이다. 일종의 차원이동 같은 감정이 나를 휩싼다. 나는 바간의 쉐산도 파고다의 가파른 계단을 오르며 스스로 머리를 숙이는 자의 예의를 얻는다. 높은 쉐산도의 테라스에서 바라다보는 에야와디의 장엄한 일몰은 자신을 지우기 위해 타오르는 것들의 황홀이 무엇인지를 극명하게 깨닫게 한다.

시간의 앞뒤가 다 보이는 이곳 바간에서 나는 오랫동안 풀 수 없었던 수수께끼의 답을 얻을 수 있었다. 벌레처럼 짧은 생을 살아가는 존재들의 존재 이유가 무엇인지 또한 생명이란 무엇인지 그 알 수 없는 수수께끼의 비밀을 알고 싶었다. 뜨겁게 타오르는 노을이 속삭였다. 오늘 바간의 일몰 앞에 살아 있는 것들 일체는 서로가 서로의 비롯됨이자 존재의 이유라고, 영원한 생명의 바다에서 존재하는 모든 것들은 서로의 원인이자 결과라고 일몰이 속삭여 주었다. 바간도 파고다도 야자나무도 에야와디도 나도 싹구빤도 새들도 벌레들도 화엄 속의 찰나라고 껴안아 주었다.

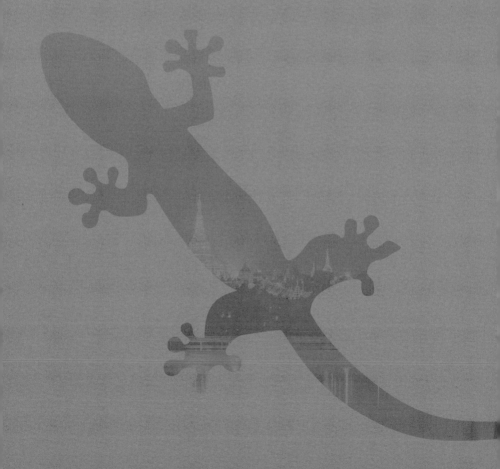

3부

어두운 창의
커튼을 젖히며

물레와 베틀이면 족하지
쟁이질까지 할 수 있나
연실로 비단을 짜는 수상 마을
주변 탑들이 가만히 귀를 기울인다

—「인레 호수」 중에서

○

미얀마,
깊고 푸른 밤

　　미얀마는 연일 비가 내린다. 우기이니 그러려니 해
도 질리게 온다. 양철 지붕에 떨어지는 빗소리는 헤아릴 수 없다.
소리의 집합, 자연이 연주하는 심포니라 하기에는 너무 단조로
운 소리다. 나는 가끔 심하게 폭우가 쏟아지는 밤이면 잠들기 어
려워 2층 사무실로 나간다. 창을 조금씩 열어 놓고 멍하니 빗소
리를 듣는다. 신기하게도 손바닥보다 더 큰 티크나무 잎사귀들
과 푸른 탁구공 같은 무화과 열매들은 그 힘찬 수탄(水彈)에도 끄
떡하지 않는다.

　이 우중의 어둠 속에서도 멀리 아득하게 쉐다곤 파고다의 황
금빛은 잠들지 않고 빛을 뿜어내고 있다. 20년 가까이 이곳 양곤
에서 살아가고 있는데도 이런 순간이 때론 생경하고 낯설다. 마
치 알 수 없는 먼 곳에 홀로 서 있는 것만 같은 외로움이 엄습한
다. 생각이 제멋대로 흘러간다. 이런저런 생각들을 따라가며 나
는 이곳에서의 내 삶에 대해 혼자서 자문자답을 해 본다. 이방인
으로 살아가는 나에게 이곳은 무엇일까. 그저 사업을 하는 '기회

의 땅'일 뿐일까. 미얀마에 잠시 머물고 있는 '경계인'에 불과한 것일까. 경계인 이상의 어떤 의미가 있다면 그것이 어떤 것일 수 있을까. 비는 그치지 않고, 깊이 숙고해 보지만 상념 또한 쉬 가라앉지 않는다.

인접한 국가 간의 이해관계를 둘러싼 갈등 즉 '역내의 문제'는 동북아는 물론 아시아 전체를 뒤덮고 있는 어두운 그림자다. 가까운 '이웃'은 관계를 맺지 않을 수도 단절할 수도 없는 태생적 관계이기. 때문에 곧잘 운명적인 관계라 부른다. 국경을 마주 대고 있는 이웃 나라들이 겪는 딜레마의 배경에는 당사국들 간의 역사나 문화 종교 등을 통해 쌓인 해묵은 감정 이외에도 세계 초강대국들인 미국과 중국의 패권 다툼과 연계된 깊은 그늘이 드리워져 있다. 이러한 사정은 남북으로 분단된 한국이나 여러 종족이 함께 불편한 관계를 견디고 있는 미얀마나 마찬가지다. 하지만 크게는 7개 종족 적게는 136개 종족, 93~97개 정당으로 나누어진 미얀마의 경우 '역내의 문제'는 국가와 국가 간의 문제라기보다 종족과 종족 간의 문제일 때가 많다. 즉 '미얀마'라는 하나의 영토 내에서 136개 종족이 서로 '내부의 깨어진 관계'를 형성하며 갈등과 저항을 반복하는 것이 더 큰 문제라는 뜻이다. 인구의 64%를 차지하는 버마족들과 나머지 7개의 큰 종족들 간의 갈등은 1948년 독립 이후 70년이 넘도록 계속되고 있어 미얀마의 가장 심각하고 근원적인 모순이다. 특히 심각한 갈등의 양상은 무장한 소수부족들과 버마 정부군 사이에 끊이지 않고 계속되는 국지적 충돌에 있다.

히말라야 끝자락에서 인도양 벵골만에 이르는 2,500km가 넘는 긴 국토를 가진 미얀마는 중국, 인도, 태국, 라오스, 방글라데시까지 무려 5개국과 직접 국경을 마주하고 있다. 이런 지정학적 특성은 미얀마의 복잡한 종족 문제와 경제적인 문제로 이어지곤 한다. 즉 이웃 나라들의 분열과 갈등이 미얀마의 종족 문제로 발전한 경우도 있으며 거꾸로 미얀마 내부의 종족 갈등이 주변국들의 갈등을 유발하기도 한다. 중국이나 태국, 인도 등 국경을 마주한 나라들의 격변을 피해 국경을 넘는 사람들이 미얀마에 정착해 소수부족이 됨으로써 다양한 종족 분포를 이루게 되었다. 최근 들어 심각한 역내 문제로 세계의 주목을 받고 있는 로힝야 문제가 대표적인 사례라 할 수 있다. 종교와 관습이 다른 로힝야들은 자신들을 미얀마의 소수부족 중 하나로 인정해 달라는 요구를 하고 있다. 미얀마 정부로서는 아무 이유 없이 이웃 나라의 영토 내에서 일어난 소위 '타국의 문제'를 미얀마의 영토 내에서 대신 떠안아야 하는 입장이 되었다.

다분히 불평등하고 억울한 일임에도 세계의 비난은 미얀마를 향해 퍼부어졌다. 수지의 딜레마는 엄격히 말해 인권과 평화에 있는 것이 아니다. 오히려 부당하게 떠넘겨지는 주변국들의 무책임과 영토 침탈에 더 큰 어려움을 겪고 있다. 로힝야 문제에 강경한 군사적 입장을 취하고 있는 군부를 완벽하게 통제할 수 없는 수지에게 이 문제는 이중의 딜레마가 되어 있다. 로힝야의 문제가 인권과 평화라는 주제로 뒤집혀 국제적인 비난을 받는 데다 내부에선 로힝야 문제에 강력하게 대처하지 않는다는 비난에 직면해 있기 때문이다. 수지는 이런 정치적 역설을 견디며 정국을 이끌어 가고 있는 것이다. 인도나 방글라데시에서 책임져야 할 자국민의 문제를 미얀마에 떠넘기는 주변국들의 무책임이 먼저 이슈가 되어야 함에도 서방 세계의 여론은 수지 정권의 반 인권적 태도에 비난을 쏟아붓고 있다.

불교도들인 미얀마인들과 이슬람을 신봉하는 로힝야족들은 미얀마의 국경 지역에서 수많은 갈등을 야기하며 충돌하고 있다. 그중 가장 근원적이고 심각한 문제는 일부다처제를 허용하는 이슬람의 율법에 있다. 로힝야들은 2차대전이 끝났을 때 인구가 불과 10여만 명에 불과했으나 지금은 거의 150만 명에 육박하고 있다. 한 사람이 3~4명의 아내를 거느릴 수 있는 로힝야족들의 인구는 기하급수적으로 증가하여 친족(미얀마 서부 산악지대 소수민족)이나 몽족(묘족과 같은 민족집단)들과 비슷한 종족적 세를 이루게 되었다. 이는 로힝야족들이 미얀마에 정착하여 자신들만의 '스테이트(국가)'를 갖고자 하는 의도 때문이다.

또 하나의 유력한 소수부족으로 인정받는 데 가장 필요한 명분과 조건은 바로 인구수에 있다. 이런 조건을 갖추기 위해 로힝야들은 적극적으로 인구 전략을 선택했고 이것은 그들의 종교적 관습과도 일치해 가속도가 붙게 되었다. 즉 친족, 께야, 께친족들처럼 자신들도 미얀마의 주요 소수종족으로 인정하고 자치를 할 수 있는 영역을 달라는 주장을 할 수 있게 된 것이다. CNN, BBC, 로이터 등 외신들은 자주 로힝야족 난민촌을 취재해 임신한 여인들과 어린아이들을 외부 세계로 송출한다. 난민촌에 어린이가 많은 이유는 바로 로힝야족의 인구 전략 때문이다. 더러운 쓰레기더미와 열악한 환경 속에 버려진 것처럼 보이는 어린이들과 임신한 여성들의 모습에 세계인들은 분노하게 되고 비난은 고스란히 수지 정권에 떠넘겨졌다.

방글라데시나 인도 국경에서 유입된 로힝야족 문제는 여권과 비자를 발급하고 승인하는 미얀마의 고유한 국가적 권리를 모르는 척 무시하고 외면해 버리는 방글라데시와 인도의 태도에 그 책임이 먼저 물어져야 한다. 이 같은 이주민 혹은 난민의 문제에 아무런 통제도 가하지 않는 나라는 지구의 어디에도 없다. 미국이 멕시코 국경에 설치한 장벽이나 팔레스타인 가자 지구에 설치된 장벽에 대해 세계는 무어라 주장하고 있는가? 시리아 난민들에 대해 세계는 어떤 인도주의적인 태도를 취해 왔는지 우리는 모두 알고 있다.

그런데도 유독 미얀마 그것도 자유와 민주주의를 위해 헌신한 공로로 '노벨 평화상'을 수여한 수지를 한순간에 반인권적 정치가로 매도하는 세계 여론을 지켜보다 보면 이 '역전된 진실'에 어떤 명찰을 붙여야 할지 난감하지 않을 수 없다. 미국과 영국의 세계적인 미디어들인 CNN, BBC, AP, 로이터 통신 등은 일방적인 서방의 주장과 시선으로 로힝야의 문제를 다룰 뿐이다. 즉 친

중국적인 미얀마 군부의 정치적 태도를 공격하고 친서방적인 이해만을 전 세계의 여론인 것처럼 확대재생산하고 있는 것이다. 인권과 정의라는 숭고한 인간성의 척도마저 강대국들과 서방의 이해에 따라 철저하게 이용되고 있는 것이다.

잔인하게 인간을 학살하는 범죄자를 현장에서 본 자들은 사형제도를 찬성한다고 한다. 반대로 형장의 이슬로 사라지는 사형수들의 사형집행 현장을 본 사람들은 예외 없이 사형제도를 철폐해야 한다고 주장한다. 결국 공리적 선택에 있어서 인간의 선택은 독립된 공정성 속에 놓여 있지 않다. 어떤 측면을 먼저 접하느냐에 따라 생각이 달라진다. 특히 당사자가 아닐 경우 그런 현상은 훨씬 심각해진다. 그러나 더욱 큰 문제는 미얀마에서 로힝야의 문제가 여기서 끝나지 않는다는 데 있다.

로힝야족을 바라보는 미얀마인들의 감정은 매우 부정적이다. 136개 종족과 함께 살아가고 있는 미얀마인들에게 로힝야족만이 특별히 불편한 존재들일 리 없다. 비록 영국의 식민 지배 시절 영국인들을 대리해 식민 통치의 도구로 사용된 것이 인도인들 특히 로힝야족들이었다는 것이 강력하게 그들을 거부하는 결정적 이유도 아니다. 미얀마인들이 로힝야를 거부하는 가장 큰 이유는 종교와 가족제도에 있다. 일부다처를 허용하고 타 종교에 배타적인 로힝야들의 종교와 문화를 인구의 94%가 불교도들인 미얀마인들은 용납하기 어려운 공격으로 받아들인다. 특히 그들의 무서운 인구 증가 현상은 미얀마인들에게 거대한 공포가 되고 있다.

그런데 로힝야들은 바로 이 증가된 인구수를 내세워 영토와 소수부족으로서의 지위를 내놓으라고 주장하고 있는 것이다. 세계의 여론에 밀려 수지 정권이 미온적인 태도를 취하자 여론은 집권 여당인 NLD에 등을 돌리기 시작했고 군부의 인기는 올라 갔다. 수지는 곤혹스러운 처지에 몰리고 말았다. 반대로 단호하게 군사력을 동원해 로힝야들을 미얀마 국경 밖으로 내쫓아 버린 군부의 태도는 미얀마인들 내부로부터 환영을 받게 되었다. 이는 미얀마 군부가 정치 전면에 나설 수 있는 명분이 되고 있다. 여기서 한 가지 더 짚고 넘어가야 할 문제는 로힝야족들이 많이 살고 있는 미얀마 북서부 지역 라카인족의 문제다. 라카인족은 10세기까지 독립된 왕국을 유지하고 있었다. 인도의 힌두교와 불교가 결합된 독특한 문화를 일구어 오면서 자신들만의 독자성을 유지해 온 강한 종족이다.

특히 이 지역은 2차대전 당시 일본 육군의 총본산인 대장성을 무너뜨린 '임팔전투'와 깊은 연관성을 가진 전쟁의 무대이기도 하다. 일본이 영국과 아웅산 등의 연합군에 의해 6만이 넘는 사상자만 남긴 채 패전하게 된 임팔전투엔 조선인 학도병 5천여 명이 동원되어 희생을 치른 지역이기도 하다. 인도와 국경을 접하고 있는 라카인에는 질 좋은 천연가스가 대규모로 매장되어 있어 높은 경제성으로 주목받는 곳이다. 한국의 대우그룹은 이 천연가스의 채굴권을 확보하여 이를 개발하기 위해 32억 달러 이상의 막대한 개발비를 투자했으나 그룹 경영의 실패로 또 다른 한국의 대기업 포스코에 개발권을 넘겨야 했다. 막대한 천연가스 개발에 대한 권리를 손에 쥔 미얀마 군부는 외국기업 특히 중국 개발회사에 장기 개발권과 가스 송출권을 넘겨 버리고 그 개발 이익에 관한 수혜에서 라카인을 배제함으로써 라카인족들을 분노하게 만들었다. 미얀마 군부는 이 라카인 지역에 도로나 공항은 물론 학교, 병원 등 일체의 기반시설 투자를 외면해 왔고 이 지역에서 채굴한 막대한 천연가스는 모두 중국으로 송출해 중국의 일대일로 정책에 의한 운남지역 개발에만 그 혜택이 돌아가게 되었다.

2018년 분노한 라카인 주민들은 부족 전체회의를 통해 96%의 찬성으로 분리 독립을 선언하고 무장투쟁에 들어갔다. 2019년, 31세의 라카인 무장군 사령관은 2년 이내에 독립을 달성하겠다며 라카인의 젊은이들을 독려하고 있어 새로운 화약고가 되고 있다. 라카인 무장군이 움직이면 친족이나 께친족 무장군들도 들썩거릴 수밖에 없는데 이는 자칫 소수부족 전체로 문제가 확대될 수 있는 일이다. 미얀마 군부가 이를 지켜보며 가만히 숨죽이고 있을 까닭이 없다. 더구나 이 막대한 에너지를 활용하고자 하는 중국의 이해가 겹쳐짐으로써 미얀마의 앞날은 여전히 한 치 앞도 내다보기 어렵다. 중국의 이해와 미얀마 군부의 밀월에는 소위 외교의 다자성을 내세운 강대국들의 자국이기주의가 작동하고 있다. 미얀마인들은 종족 문제로 인한 내부의 깨어진 역학 관계 위에 군부와 중국이라는 3중의 모순을 견뎌야 하는 어려움에 빠져 있다.

미얀마의 경제문제 역시 바탕에 종족 문제가 깔려 있다. 옥과 루비, 우라늄 등 막대한 지하 광물자원과 풍부한 농업 생산성을 가진 지역들이 거의 소수부족들의 지역이며 이들은 미얀마 군부의 엄격한 통제 속에서 국경 무역으로 살아가고 있다.

미얀마는 11세기 최초의 통합 국가인 버강 왕조를 건설한 아노레타 시대부터 불교를 국교로 받아들였다. 불교는 미얀마에 높은 교육(문자 해독 세계 1위) 수준과 종교, 문화(400만 개의 사원이 있다)의 기반을 갖추게 했다. 교육, 문화, 종교, 자원, 환경, 그 무엇도 이 나라가 세계 최빈국으로 전락한 이유를 설명하기 어렵다. 더구나 한때 쌀 수출 세계 1위를 기록하던 미얀마는 누가 봐도 풍요로운 나라였다. 이 천혜의 땅이 왜 세계에서 가장 가난한 나라가 되었을까. 이유는 1948년 이후 계속된 군부 통치와 반복되는 쿠데타, 이에 저항하는 국민들과 소수민족들의 관계에서 찾을 수밖에 없다.

〈New Life〉지는 "1948년 해방 이후 미얀마를 오랫동안 통치하고 있는 군부는 자체적인 기업을 갖고 예산을 독자적으로 운영한다. MEC, UMEHL이라는 두 개의 지주회사를 통해 옥 광산, 건설업, 농수산업 등 미얀마 경제의 반 이상을 차지하고 있는 분야를 모두 주무르고 있다. 광산 개발이나 천연가스개발, 정보통신 영역의 투자, 약품이나 무기 수입 등 막대한 이권이 개입된 거의 모든 권한을 군 수뇌부와 그의 패밀리들이 독식을 하고 있다. 군부를 축으로 계급은 고착화됐고, 2011년 개혁개방 조치의 혜택도 그들의 몫이 되었다. 부동산 가격의 폭등과 물가의 상승으로 양곤의 보통사람들조차 점점 외곽으로 쫓겨나는 신세가 되고 있다."고 보도했다.

영국 유학 시절에 만난 오랜 동료 틴 쩌(U Htin Kyaw)를 대통령에 앉힌 아웅산 수지는 외무부 장관이 되어 정부의 최고 의사결정 기구 NDSC(National Defense & Security Council)에 참여, 국정을 풀어나가고 있다. 그러나 이 NDSC는 군 최고사령관과 국방부장관, 내무장관, 국경장관, 군 부(副)최고사령관 또 한 명의 부통령 등 6명과 대통령, 부통령, 상하 양원 의장과 외무부 장관으로 구성된 5명의 민간정부 인사로 구성되어 국가 위의 국가로 군림하고 있다. 이런 기상천외한 미얀마의 권력 구조를 모른 채 수지의 민간정부를 바라본다면 서방의 언론들은 모두 자기기만적인 기사만을 생산하는 꼴이 될 수밖에 없다. 수지 정권은 미얀마를 움직일 실질적인 힘, 즉 군사력, 경찰력, 경제적 권한 모두를 갖지 못한 채 기형적으로 민간정부를 이끌어 가고 있다.

이외에도 군부는 선거와 상관없이 25%, 166석 정도의 의석을 할당받아 군부 정당을 꾸리고 있으며 MEC나 UMEHL를 통해 확보되는 막대한 자금으로 군부를 유지하고 있다. 거기에 더해 군부의 동의 없이는 국가 최고 권력을 행사할 수 없도록 거부권을 가지고 있다. 결국 수지는 군부 그리고 군부와 결탁한 기득권

세력과의 관계를 어떻게 풀어 가느냐에 정권의 성패를 걸 수밖에 없는 처지로 통치 구조에 근본적인 한계를 가지고 있다.

그러나 사실상 군부와의 연정이라 할 수 있는 상황 속에서 새롭게 분출하는 민주화의 요구와 과도한 부와 권력을 지닌 기득권의 해체를 동시에 달성하는 일은 거의 기적을 바라는 일과 같다. 무엇보다 민주화와 경제라는 두 마리의 토끼를 한꺼번에 잡을 수 있는 전문가 풀(집단)이 부재하며 정책이나 행정 경험이 많은 민주적 인사 또한 턱없이 부족하다. 한국의 한 전문가는 의외의 진단을 내렸다. 군부의 협력을 끌어내는 것, 군부와 기득권 해체의 과도기를 담당할 개혁적 군부 인사가 출현하는 것이 그나마 유일한 해법이라는 것이다. 수많은 기대와 진단 속에서 수지 정권은 혁신적인 로드맵 제시를 요구받고 있다. 그러나 이는 나무에서 물고기가 열리길 기다리는 일만큼이나 허망한 기대다.

거기에 더해 피부에 와닿는 현실의 실감 또한 희망적이지 않다. 2016년 집권한 후 4년여가 지나가고 있는데도 많은 부분에서 오히려 미얀마의 시계는 거꾸로 가는 듯한 느낌을 준다. 대형 건설 사업의 상징이던 타워크레인들은 멈춰 섰고 도심의 살인적인 교통지옥은 달라질 줄을 모른다. 지금도 여전히 툭하면 전기가 단전되고 거리에서 썩은 악취가 사라지지 않는다. 전기 공급과 상, 하수 시설의 공급, 최소한의 생필품 생산을 위한 공장의 건설 등 갈급한 문제들이 바뀔 조짐은 어디에서도 보이지 않는다. 부동산의 폭등과 인건비의 과도한 상승, 고질적인 인프라 부족, 만연한 부패와 행정 지체 등은 해외 투자자들의 등을 돌리게 한다.

오직 정치 군사적인 이해가 맞아떨어지는 중국 졸부들의 부동산 투기와 엔화를 앞세운 일본의 공세적 투자만이 눈에 띄일 뿐이다. 깨끗하고 도덕적인 품성을 지닌 미얀마 사람들의 인간적 장점 역시 자본의 유입과 함께 빛이 탈색되어 가고 있다. 군부의 느긋한 방관과 활기가 사라진 대도시 양곤의 기묘한 침묵이 언제까지 이어질지 예측하기 어렵다. 아웅산 수지의 유명세와 민주화와 도덕적 당위만을 앞세운 집권 NLD 당의 진정성만으로 미얀마의 새로운 새벽이 열릴 것을 기대하는 것은 요원해 보인다.

어쩜 미얀마가 겪고 있는 위기는(한국도 마찬가지이지만) 군부 기득권자들의 독점과 전횡으로 인해 누구나 인정하고 합의할 수 있는 보편적 가치를 기대할 수 없으며 이는 공정한 경쟁과 기회가 주어지지 않는다는 데 있다. 정치적인 협상과 제도적 장치가 이런 문제를 해결할 수 있다는 환상(?)을 이제 사람들은 믿지 않는다. 정글 그 자체가 되어 버린 자본주의와 제국화되어 버린 강대국들의 힘의 논리를 주변부 국가들이 제어할 수 있는 '방법'은 아직까지 발견되지 않았다. 『워싱턴 룰』을 쓴 보스턴 대학의 앤드루 바세비치는 강대국인 미국을 움직이는 것은 민주주의가 아니라 전쟁을 국가경영의 룰로 삼고 이를 집행하는 군산복합 체제라고 이야기하고 있다.

바세비치와 같은 생각을 하는 지성인들은 미국 내에서도

적지 않다. 노스웨스턴대 역사학과의 대니얼 임머바르(Daniel Immerwahr) 교수 역시 미국이나 중국 등의 초강대국들이 『미국, 제국의 연대기(How to Hide an Empire)』를 통해 지속적으로 폭로하고 있다. 그러나 정의로운 "사회도 국가도 민족도 없다"고 외치는 사람들이 갈수록 늘어나고 자본주의 이후의 대안을 찾는 다양한 모색이 진행되고 있지만 어디서도 성공한 모델이 출현했다는 소식은 들리지 않는다. 오히려 국가 단위의 위기는 심화되고 있으며 미얀마와 같은 주변부 국가들의 고통 또한 가중되고 있다.

그러나 이렇게 수없이 뒤엉킨 모순과 절망적인 상황 속에서도 나는 미얀마에서 발견하게 되는 희망의 근거를 놓아 본 적이 없다. 소위 신자유주의를 바탕으로 한 약탈적 자본주의 대안 체재를 이곳 미얀마의 여러 곳에서 발견할 수 있기 때문이다. 나의 발견이 다분히 인류학적 상상력에 기댄 비현실적인 것이라고 하더라도 나는 인류가 산업혁명 이후 걸어온 문명의 방향과는 전혀 다른 길을 가고 있는 부족 단위의 공동체를 이곳 미얀마에서 자주 목도하기 때문이다. 현대자본주의가 축적한 금융과 유통, 기술과 생산 방식만이 인류의 유일한 존재 방식일 수는 없다. 여전히 미얀마의 대부분 지역은 농업생산에 의지해 살아가고 있다. 양곤이나 만달레이 등 일부 대도시를 제외한 미얀마의 전역은 아직도 농본주의의 정서와 가치 그리고 노동과 재화를 공유하는 공동체의 존재 방식을 유지하며 살고 있다. 그러나 이들의 '어쩔 수 없이 가난한' 반자본주의적이고 반문명적인 삶이 반드시 불행하고 절망적인 것이라고 말할 근거는 어디에도 없다. 이들은 다만 자본주의 문명의 방식과는 다른 삶의 형식을 갖고 있을 뿐이다. 어쩌면 이들 삶의 방식이야말로 인류가 잃어버린 '또 하나의 길'일지도 모른다.

나는 미얀마의 난마처럼 얽힌 종족 문제와 군부의 문제 그리고 초강대국들의 이해가 뒤엉킨 절망적인 상황 속에서도 여전히 웃음을 잃지 않고 살아가는 미얀마 사람들의 삶에 깊이 동화되곤 한다. 나는 대지와 하나가 된 그들의 웃음과 평안하고 느린 삶에서 자본주의 문명에선 발견할 수 없는 깊은 치유의 길을 보았다. 내가 발견한 미얀마의 수많은 공동체들 중 유명한 한 곳을 소개하고자 한다.

샨족의 거점이자 미얀마 최대 관광지 중의 하나인 냐웅쉐의 인레 호수는 해발 850미터가 넘는 고원에 자리하고 있다. 길이 22km가 넘는 커다란 산정 호수다. 이 호수 주변에는 빠따웅족을 비롯한 17개의 소수부족이 살고 있다. 호수에는 670종이 넘는 새들과 수련과의 식물과 어류 등이 살아 있는 생태계 보고다. 호수 안에 사원과 대농장, 학교, 레스토랑, 대장간, 작은 조선소, 가내수공업의 형태지만 잎담배 공장과 은세공 공장, 쌀 과자 마을, 심지어 베틀과 물레를 갖춘 직물 공장까지 갖추고 있다. 의식주를 완벽하게 자가생산하는 인레의 인류학적인 특성은 다분히 유토피아적 모범을 체현하고 있는 곳이다.

관광지로서만이 아닌 사회정치학적 대안 체제를 연구하는 사람들이나 인류학 미래학의 연구자들에게도 흥미로운 곳이다. 자연생태계와 그에 적응한 생활생태계의 규모 그리고 불교적 무욕의 규범이 수백 년간 '적절한 균형'을 이룬 채 삶에 풍요와 안정감을 부여하고 있는 이곳에서 인류는 자본주의 문명과는 다른 또 다른 규범을 찾게 될지도 모른다. 종교와 정치, 경제, 사회, 문화, 교육 등을 하나의 문명적 규범으로 통합하고자 하는 지성적 움직임이 이미 낯선 것은 아닌 만큼 인레의 인류학적 특성은 캐나다의 인류학자 말처럼 어쩌면 인류의 문명이 선택할 수 있었던 또 하나의 방향이 될 수 있을지도 모른다. 특히 호수 주변에 언어도 종족도 다른 17개의 종족이 모여 살면서도 평화롭게 공동체를 이루고 살아가는 모습은 흥미롭기만 하다.

다만 이곳의 놀라운 생산과 소비의 균형과 인류학적 특성이 물보라를 일으키며 달리는 관광객들의 모터보트 소리로 인해 점차 빛을 잃어 가고 있어 안타깝지만 의외로 자본의 압박에 잘 견뎌 내며 자신들의 정체성을 지켜 가고 있다. 놀라운 생태계의 특성 때문에 외부 세계에 가장 널리 알려진 인레를 깊이 들여다보는 이유는 다양한 종족이 모여 사는 미얀마의 미래가 될 수도 있다는 생각 때문이다.

물레와 베틀이면 족하지
쟁이질까지 할 수 있나

연실로 비단을 짜는 수상 마을
주변 탑들이 가만히 귀를 기울인다

흰 물안개 먹구름 지나가는 호수
수초는 부드러워
쪽배 끝에 앉아 노을과 함께 늙어가는
희고 붉은 수련
물밑에서 잠이 든다

방울토마토를 싣고 물안개를 빠져나가는
눈썹 짙은 인타족 사내

물 위엔 길이 없어
출렁이다 흘러가면 흔적 없는 마음뿐
떠나는 것도 돌아오는 것도 없는
인레는 둥글어

뱃전에 향을 사르는 여자들
베틀에서 내려와 모힝가를 끓일 때쯤

물속에 잠드신 부처님들
낮은 풀섶 가로

새들을 불러 모으신다

먼 데서 온 나는 길도 없는 물속
해 지는 산을 넘고
―졸시「인레 호수」

 이 호수의 수상 시장에 가면 재미있는 광경을 볼 수 있다. 작은 조각배를 타고 몰려드는 여러 부족(머리를 감싸는 각기 다른 색깔의 수건과 의상으로 종족을 구분한다)의 고객과 상인들이 서로 각기 다른 자신들만의 언어로 물건을 사고판다. 언어가 달라 서로 알아들을 수 없는데도 그들은 전혀 불편함이 없이 생필품들을 주고받는다. 미얀마 북부의 많은 소수민족 거주지들에서 볼 수 있는 현상이 이곳에서도 고스란히 살아 있다. 그들은 이 작은 공간에서 자신들만의 언어(수화)와 거래 방식(시장), 화폐 그리고 규범을 만들어 작지만 자신들에게 적절한 사회를 이루고 있다. 미얀마 소수부족들이 사는 오지 마을 인근에는 이런 원시적인 형태의 시장이 매우 자연스럽게 작동하고 있다. 그들은 이렇게 사회를 만들고 종족을 끌어안아 자치주를 만들고 끝내는 국가와 비슷한 공동체를 만들어 가는 것은 아닌지 깊은 접근이 필요할 것 같다.
 언어와 민족이 다른 수많은 종족이 함께 살아가는 미얀마는 어쩌면 '갈등하는 관계'를 숙명처럼 내면화하고 있는 나라라고 할 수밖에 없다. 갈등을 견디며 인간에 대한 존엄과 관용을 유지해 온 긴 경험을 미얀마 사람들만큼 풍부하게 지니고 있는 사람들이 있을까. 그러나 이런 소수부족들의 전통과 정체성과 독립성이 미얀마 사람들이 공동체를 이루며 살아가는 집단지성이나 힘으로 작동하지 못하고 거꾸로 군부 통치의 명분이 되고 있다는 점은 참으로 안타까운 일이다.

1945~1948년 해방정국에서 미얀마 국민의 단합을 위해 소수부족의 자치를 약속했던 미얀마 독립의 영웅 아웅산은 군부에 의해 암살당했다. 따라서 70년 전의 약속은 지금까지 지켜지지 않았다. 군부를 장악한 네윈 장군의 집권 이래 계속된 군정 기간 동안 소수민족들은 이 사실을 결코 잊지 않고 있다. 당시 모든 부족이 참여한 의회에서 선언된 자치의 약속은 소수부족들이 지금까지 무장을 풀지 않는 명분이 되고 있으며 반대로 군부 세력에게 철권통치의 또 다른 명분이 되고 있다. 지금도 무장한 소수부족과 미얀마군 간에 종종 총격전이 벌어지는데 이런 상황에서 권력의 일부만을 넘겨받은 온건한 수지 정권에 많은 것을 기대하는 일이 과연 가능한 일일까.

예전에 쓴 글을 다시 보며 다듬고 있는 2021년, 수지 정권에 대한 일말의 기대는 군부 쿠데타에 의해 어둠의 그림자가 덮였다. 모두가 만족할 만한 '비전'은 뛰어난 자에 의해 만들어지는 것이 아니라 모든 구성원들의 마음속에 있는 '바람'을 하나로 모아 내는 것이다. 사실상 바람이란 '충족되는 것'이 아니라 꿈꿀 수 있게 해 주는 것이다. 꿈꿀 자유에 대한 동의와 승인에 관해 군부건 민주화 세력이건 소수부족들이건 자신들의 문제를 솔직하게 말하고 표현할 수 있어야 한다. 자기를 옥죄는 억압과 결핍에서 자유로워질 때 사람들은 꿈을 위해 진정한 행동에 나설 수 있다. 표현의 자유가 가장 기본적인 민주주의 척도가 되는 까닭이 여기에 있다. 그것은 역설적으로 주기적이라 할 만큼 쿠데타를 반복하는 군부 내부를 향해서도 마찬가지이며 종족들 내부를 향해서도 마찬가지로 열려 있어야 한다.

창밖의 비는 여전히 줄기차게 쏟아진다. 벽을 타고 반투명한 몸을 지닌 엠마웅 한 마리가 기어 내려온다. 달이 뜨는 밤 야자수의 검은 그림자 뒤에 숨어 울어 대는 엠마웅들의 울음소리는 20년 전 처음 미얀마에 왔을 때 강한 향수를 자극하곤 했다. 이젠 익숙해진 풍경이지만 우기가 끝나고 달이 가득 차오르면 또 나는 그 기묘하게 밝고 환상적인 미얀마의 밤에 깊이 취할 것이다.

어떤 나라 어떤 사회도 단숨에 자신들이 안고 있는 문제를 요술처럼 일거에 해결할 수는 없다. 앞을 향해 나아가는 진보란 보이지 않게 진행된다. 나를 둘러싸고 있는 미얀마의 모든 것을 사랑하되 부디 실망으로 스스로를 지치게 하지 않기를 나는 간절히 나에게 기도한다.

○

디아스포라의 초상

- 깨어진 관계 미얀마

헬싱키 디자인센터에서 사람과 사람 사이의 '깨어진 관계'를 주제로 최근 전시가 열렸다. 의류 패션이나 자동차 디자인, 스마트폰 같은 첨단 전자기기 디자인이 아니라 '인간' 그것도 사람 사이의 관계가 전시 테마라니! 상업적 디자인만 생각해왔던 선입견이 일거에 깨어졌다. 신선하고 놀라웠다. '인간의 얼굴을 한 디자인'이 그들이 생각한 문제의식이었다. 더구나 핀란드 헬싱키는 지금은 몰락해 버렸지만 한때 핸드폰으로 세계 시장을 석권했던 '노키아'의 신화가 숨 쉬던 곳이었던 만큼 그들의 변화하는 방향에 관심이 가는 것은 당연한 것이다. 그들은 필립스와 노키아의 지나간 영화를 창조적인 스타트업으로 메꾸기 위해 '디자인 전략'을 선택했다. 세계인들의 사랑을 받은 캐릭터 앵그리버드는 이런 변신의 과정에서 태어난 성과였다.

'깨어진 관계'라는 전시는 놀랍게도 개인과 개인 간의 관계는 물론 나라와 나라와의 관계 더 나아가 인종과 언어가 다른 인류의 보편적인 문제를 포괄하는 주제였다. 피할 수 없는 이유로 돌

이킬 수 없는 관계가 되어 버린 사랑하는 사람이나 친구, 가족, 직장 동료는 물론 치열한 경쟁 관계 속에 있는 국가와 집단들이 어떻게 지구촌의 한 지붕 아래서 서로를 승인하고 인정하며 함께 공생할 수 있을까.

미움과 증오와 용서할 수 없는 상처의 기억을 가지고 '함께 그것도 이웃'에서 불편함을 견디며 공존하는 일은 결코 쉬운 일일 수 없다. 그렇다고 '혼자' 살아갈 수 있는 방법도 없다. 문이 없는 곳에서 문을 열고자 고심참담 무문관(無門關)에 드는 선승들처럼 누구도 답이 없는 상대적 모순의 딜레마를 넘어 피안에 이르는 해법을 제시하기는 어렵다.

한국은 좌우 이념으로 나뉘어 싸우다 250만이 죽어 나간 6.25 전쟁에 이어 70년 가까이 남북으로 나뉘어 핵미사일과 핵우산 경쟁을 벌이고 있다. 작금의 사드 배치나 대륙간 탄도미사일을 둘러싼 남북 간의 날 선 공방이 그것이다. 이런 우리의 처지를 생각하면 이 주제는 더더욱 외면할 수 있는 문제가 아니다. 한국은 뛰어난 경제적 성취에도 불구하고 과도한 부의 편제, 대기업 중심의 경제정책, 청년실업, 저출산 고령화, 탄력을 잃은 국가 경쟁력, 무엇보다 사회 통합의 구심점을 잃은 정치에 대한 환멸, 살인적인 경쟁에 내몰린 교육 현장과 기회의 불평등, 힘을 가진 기득권층의 부정과 부패 등 극심한 사회적 내홍을 겪고 있다.

자살률과 이혼율은 세계 1위를 달리고 있으며 언론은 공공연히 '헬조선'이란 용어를 거론하고 있다. 세계에서 가장 '치열한 경쟁'을 치르는 한국인들에게 깨어지지 않은 온전한 사람끼리의 관계를 요구하는 것은 쉬운 일만은 아니다. 자본이 권력이자 폭력적인 힘이 되어 버린 사회에서 개인들은 끝없이 동요하고 회의에 빠져든다. 그래서 젊은이들은 '헬조선'을 탈출하려고 한다. 몇몇 젊은 엘리트들은 바늘구멍 같은 삼성이나 엘지 등 대기업에 취업을 한 뒤 돈을 모아 이민을 준비하기도 한다. 외국에서 공부한 우수한 공학도들은 한국의 조급한 성과주의에 환멸을 느껴 돌아오려 하지 않는다. 극단적인 부의 추구와 위험 수위를 넘어도 한참 넘어 버린 한국 사회의 배부는 황무지와 다름없어졌다. 한국 사회 내부의 문제뿐만이 아니다. 깨어진 관계를 단지 견디고 용납하며 싫은 이웃과 동행하는 일은 이민자들 문제로 골머리를 앓고 있는 유럽의 현실과는 많은 차이가 있다.

　몰려오는 이민자(영국, 독일, 프랑스 모두 약 400만 정도의 이민자가 살고 있다.)들의 문제로 유럽 전역에 방어적인 우경화 정당들이 나타나고 있지만 보편적 가치와 모럴에서 극심한 사막화를 겪고 있는 한국 사회와는 질적으로 다르다. '위안부' 문제를 둘러싸고 일본과 벌이는 전쟁범죄와 역사 논쟁 문제 역시 한국 사회의 역사적 상처인 '과거'가 어떻게 미래를 규정하는지 주변부 국가의 운명을 극명하게 보여 준다. 한일 관계는 한국인들이 남북 관계와 사회통합의 위기에 이어 또 하나의 깨어진 관계를 견뎌야 하는 어려움을 잘 반영하고 있다. 관계를 맺지 않을 수도 단절할 수도 없는 딜레마가 동북아는 물론 아시아 전역을 위협하고 있다. 그 배경에 미국과 중국의 패권 다툼이 자리하고 있음을 모르는 사람은 없다.

그러나 어떤 정치적 진단이나 비전 찾기를 수행하기도 전에 미얀마의 근본적인 문제가 여전히 수지를 압박하고 있다. 서부 라카인 주에서 무력 저항을 벌이고 있는 로힝야와 이를 진압하기 위한 미얀마 군부의 과잉 폭력이 그것이다. 물론 이것은 개인이나 소수집단의 테러와는 성격이 다르지만 분명히 종족과 인권을 둘러싼 폭발적인 테러 문제다. 이 문제를 깊이 들여다보면 결국 역내의 문제 즉 인도와 방글라데시와 미얀마 간의 국가적 이해관계가 깔려 있다. 지구촌에 테러 없이 지나가는 하루는 더 이상 존재하지 않는다. 테러는 가해자나 피해자 모두 영원히 지워지지 않을 상처를 갖게 된다.

지구촌은 바야흐로 분초 단위로 작동하는 정보 이동 속에서 살아가고 있다. 부의 문제와 분배와 불평등의 문제로 고민하는 것은 세계 어디서나 벌어지고 있는 근본적인 문제다. 자본주의 시스템 속에서 부의 증식과 분배 그리고 불평등의 문제는 해결 불능의 딜레마가 되어 있다. 미얀마에 와서 20여 년을 사는 동안 내가 가장 자주 찾은 곳은 인레 호수다. 왜 인레 호수였을까? 무엇이 나를 자꾸 인레로 이끌었을까? 나는 엉뚱하게도 이곳에서 '깨어진 관계'가 아닌 '온전한 관계'를 느끼곤 했다. 그것은 정말 매혹적인 느낌이었으며 하나의 가능성이었다. 17개의 소수부족들이 호수 둘레에 모여 살며 완벽한 공동체를 이루고 있는 모습은 벌써 15번 이상 이곳을 방문한 내겐 경이로움 그 자체였다. 말과 언어와 종족 간의 뿌리가 다르고 의상마저 달라 수많은 갈등 요인을 지녔음에도 이곳에서 분쟁이 일어난 적은 없다. 인레 호수의 수상 시장에 가면 재미있는 광경을 볼 수 있다. 작은 조각배를 타고 몰려드는 여러 부족(머리에 감싸는 각기 다른 색깔의 천과 의상으로 종족을 구분한다)의 고객과 상인들이 서로 각기 다른 자신들만의 언어로 물건을 사고판다. 언어가 달라 서로 알아들을 수 없는데도 그들은 전혀 불편함이 없이 생필품들을 주고받는다. 수화나 보디랭귀지 그리고 공통의 화폐만으로 그들끼리 소통은 충분했다. 미얀마 북부의 많은 소수민족 거주지들에서 볼 수 있는 현상이다. 나는 이들을 통해 자본주의 시장 체제가 놓치고 있는 교환 가치와 사용 가치의 문제를 되짚어 볼 수 있겠다는 생각을 버릴 수 없었다.

자본주의 이후의 대안 체제를 찾는 노력이 곳곳에서 계속되고 있지만 오히려 세계의 위기는 심화되고 있다. 테러 없이 지나가는 하루는 더 이상 존재하지 않는다. '상처는 결코 사라지지 않는다.' 팔레스타인에선 검은 차도르를 쓰고 폭탄을 몸에 감은 임신한 여인들이 자살을 감행한다. 남편과 오빠의 복수를 위해서. 뮌헨과 파리나 런던에서 16~17세에 불과한 소년들이 마찬가지로 '출구 없는 세계'를 증오하며 너무도 쉽게 테러와 자살에 자신을 맡겨 버린다. 탈출구가 없다는 인식은 불치의 병이 되고 만다. 깨어진 관계를 해소하는 방법이 테러일 수는 없다.

무출구성은 개인 자신이 아니라 세계(자신을 둘러싼 사회)가 병들었다고 비난하고 한탄하며 자신만의 탈출구를 모색하는 데서 비롯된다. 테러리즘은 철저한 외톨이들의 이런 고립감 속에서 자라난다. 이들 개인과 집단(사회)과의 불화에서 비롯된 깨어진 관계의 폭발은 일그러진 심층 심리의 깊은 곳을 극단적으로 드러나게 한다. 그것이 테러다. 그러나 그것은 곧 존재의 비명이며 인간의 문명이 인간을 향해 내뱉는 함성이다.

지구촌은 바야흐로 숨 가쁜 정보 이동 속에서 살아가고 있다. 이는 어느 오지에서도 몇 초 안에 서로가 서로를 호출할 수 있는 '상호성' 속에서 우리가 살아가고 있다는 것을 뜻한다. 결국 인류는 역사상 유례없이 가까운 곳에 누군가 '이웃'을 두고 산다. 그러나 서로의 거리가 가까워졌다고 해서 몸과 마음이 모두 그 거리만큼 가까워진 것은 아니다.

자원 독점을 위한 제국들의 이웃을 해치는 '더러운 전쟁'은 끝없이 계속되고 있으며 부의 불균형과 이에 따른 증오와 폭력은 오히려 크게 확장되고 있다. '국경을 넘는 노동'은 오래전에 보편적인 일이 되었다. '먹고 살기 위해서', '더 나은 삶을 위해서' 사람들은 끊임없이 이동하고 이동하는 중이다. '떠도는 사람들'로 공항은 미어터질 지경이 되었다. 4년 전 오스트리아 린츠의 아르스 일렉트로니카 센터에서 신공항 프로젝트를 수행한 적이 있는데 독일의 여성 아티스트가 '제로 프로젝트'를 제안했다.

유로 헌장이 보장하는 인권에 관한 조항을 근거로 '모든 사람들의 이동의 자유를 보장할 수 있도록 공항터미널을 제로 지대 (제약이 없는 공간)로 만들자는 이상적인 제안이었다.

물론 이런 제안이 검역과 범죄, 테러 등의 현실적 문제를 극복하고 새로운 질서가 될 가능성은 그야말로 제로다. 하지만 그녀의 제안은 근본적인 인간의 권리를 상기시키고 있으며 문명과 제도의 감옥 속에 갇혀 버린 지구촌의 현실을 날카롭게 비판하는 것이었다.

공항 출입국관리에 관한 법률이 국경을 넘는 디아스포라들의 장벽이 되지는 못한다. 목숨을 걸고 거주이전의 자유를 실현하고자 하는 인류의 이동은 선사 이전부터 계속되어 온 인간의 본능적 활동이었다. 영국의 브렉시트와 미국의 멕시코 국경폐쇄, 기타 여러 나라들의 이민 장벽과 보호무역 장벽들은 아무리 철저하고 정교한 벽을 만들어도 인간의 이동 본능을 제어하지 못한다. 모험과 탐험의 정신이 없이 인류가 지구촌 전 대륙과 해양에 걸쳐 거주할 수는 없었다.

입국장에 들어서면 괜스레
온몸이 근질거린다
몸집이 작아진다
까딱없이 쫓기는 눈들과
손에 든 캐리어,
또 다른 손에 벗어 든 선글라스

(…)

아. 스캔하는 손이여
너는 투명한 체제,
나는 나의 결정적인 몸이다
샅샅이 훑고 관통하는
체크인은 불안의 높이

(…)

서툰 언어로
나는 나를 겨우 입증한다
이미그레이션, 내 안의 횡격막이여
너는 어느새
나의 최전선이 되었다.

—「immigration」 중에서

　근거지를 떠나 이동하는 도시의 유목민들은 오늘도 또 다른 도시를 향해 떠난다. 누가 이를 막을 것인가. 전쟁을 피해 난민이 되어 지중해를 건너는 죽음의 탈출을 우리는 TV 스크린을 통해 가슴 아프게 지켜보았다. 비가 내리면 누구나 젖지 않을 수 없다.

도시 전체에 비가 내리는 날, 비가 오지 않는 곳과 오는 곳이 잠시 뒤바뀔 수는 있다. 그러나 누구도 비에 젖지 않을 수는 없다. 이런 동시성과 비동시성의 운명은 곧 지구촌 전체의 문제다.

각각 휴전선의 분계선을 통해 나뉘어 살아가는 남북은 자유롭게 오고 가지 못하면서도 각자의 영토 내에서 벌어지는 크고 작은 일에 실시간으로 영향을 받는다. 휴전선은 송두율의 지적처럼 떨림판처럼 민감하게 남북의 문제를 서로에게 인지시킨다. 인접한 역내의 문제는 지구촌의 모든 나라가 어떤 형식으로든 겪고 있는 문제다. 국경 분쟁을 치르지 않는 국가는 없다.

서로 다른 사회, 정치, 문화, 경제, 종교적 배경 속에서 살아가면서도 한 나라의 문제는 결국 국경을 넘는 공동의 문제가 될 수밖에 없다. 이런 현상은 갈수록 가속화된다. 오랫동안 '깨어진 관계'로 살아온 수많은 인접 국가들은 전쟁과 정치적 영향력 행사를 통해 이러한 문제를 해결하려 해서는 안 된다. '자국민의 이익을 위해', '정치적 승리를 위해' 일본의 아베처럼 '전쟁을 할 수 있는 국가'가 되겠다고 생각하는 것은 자신이 속한 공동체의 내적 부름이 무엇인지 들을 수 있는 귀가 없기 때문이다. 일본이 제국이 되기를 꿈꾼다면 그것은 파국을 상상하는 일이다. 아시아의 많은 국가들은 그들의 폭력을 기억하고 있다.

엔화와 3D 캐릭터 포켓몬의 파워로 제국이 되려는 것이라면 그것은 한 편의 만화가 될 수밖에 없음을 알아야 한다. 일본인들의 75% 이상은 다시 전쟁을 하는 나라를 원치 않는다. 일본은 패망을 경험한 나라다. 그들이 다시 전쟁을 통해 중국과 러시아 등 제국화되어 가는 나라들의 위협에 맞서려 하는 것은 필연적인 당위처럼 보이지만 세계적인 흐름을 되돌려 놓으려는 억지스런 판단일 뿐이다. 제국화를 시도하는 두 극점 즉 미국과 중국은 극심한 자기모순에 빠져들고 있다. 전 세계가 하나의 동시성 속에서 작동하는 현실은 결코 되돌려질 현상이 아닌데도 그들은 패권 다툼을 멈추려 하지 않는다.

세계는 빠르게 뒤섞이고 있으며 자원과 인종, 문화와 자본, 무엇보다 인간의 창의성을 공유하는 시대가 되어 가고 있다. 정치나 군사, 경제와 같은 하드웨어가 문제가 아니라 문화와 예술, 교육과 종교 같은 지각과 감성의 문제가 제도와 법률 같은 시스템의 감옥으로 부터 인간을 자유롭게 할 수 있는 부드러운 힘을 발휘한다. 정치권력이나 군사적인 힘이 상징하는 강성 권력의 파워가 아니라 예술이나 종교, 교육 같은 연성 권력의 힘이 지구촌의 미래를 구원할 힘임을 인류는 깨달아 가고 있다. 그것이 자본주의 지옥을 경험하면서 인류가 깨달아 가고 있는 방향이다.

○
나는 무얼 해야 할지
모르겠어요

졸업식 풍경이 많이 바뀌었다. 검은 사각모자를 쓰고 꽃다발을 품에 안은 채 부모나 가까운 친지들과 함께 기념촬영을 하던 오랜 풍경이 점차 사라지고 있는 것이다. 대신 집에서 이메일로 졸업장을 수령하는 졸업생들이 많아져 졸업식장은 어느 대학 할 것 없이 썰렁했다고 한다. 살인적인 교육비와 치열한 학점 경쟁을 마치고 사회에 첫발을 내딛으려는 졸업생들에게 졸업은 가슴 설레는 모험과 기대의 출발점이어야 함에도 현실은 그렇지 못하다는 데 그 이유가 있다.

취업을 한 소수의 졸업자들을 제외하고는 모두 졸지에 취업준비생 또는 백수로 전락하는 암흑함이 그들이 직면한 현실이다. 미래에 대한 불확실함과 더 이상 기댈 곳이 없다는 불안 속에서 졸업식장의 이벤트가 무슨 기쁨이요 위로가 되겠는가.

국민 소득이 더 낮을 때는 졸업하자마자 부르는 곳도 많고 취업할 곳도 많았다. OECD 가입국으로 개발도상국의 지위를 털어내고 선진국 대열에 합류했다는 한국은 국민소득 3만 불 시대를 구가하며 높은 소비수준을 자랑한다는데 왜 젊은이들이 일할 곳은 없는 것일까.

아일랜드의 대니 보일 감독이 90년대에 만든 〈트레인스포팅〉이란 영화는 오늘날 한국의 젊은이들이 맞이하고 있는 출구 없는 절망에 많은 시사점을 안겨 준다. 높은 언덕 위에 고풍스런 자태로 밤이면 화려하게 불을 밝히는 에든버러 성과 유명한 런던의 피카디리 로드를 방불케 하는 수많은 샵에는 상품들이 넘쳐나는데 아일랜드의 젊은이들은 할 일이 없어 뒷골목을 배회한다.

영화는 마약과 임신과 낙태 그리고 폭력과 범죄로 이어지는 우울한 현실을 보여 준다. 젊은이들은 멋진 자동차와 빵빵한 음악이 흘러나오는 오디오, 사랑하는 사람과 함께할 집과 직장을 원하는 대신 '진정으로 자신이 하고 싶은 것'을 할 수 있길 원한다. 그것은 화가나 음악가 건축가 혹은 제빵사나 요리사 같은 창조적인 일이다. 자신이 스스로 선택한 진짜 삶을 살고 싶은 것이다. 그것이 설혹 하찮기 그지없는 일이라 하더라도 말이다.

하지만 그것은 요원한 일이다. 오랫동안 영국으로부터 독립을 원했던 아일랜드는 그 역사적인 소망을 이루지 못해 정서적으로 영국이란 나라와 일체감을 갖지 못하고 정체성에 혼란을 겪고 있다. 한 사회와 개인이 맺고 있는 정치적 일체감이란 '내 땅에서 내가 원하는 것을 마음껏 시도해 볼 수 있는 자유'를 말한다. 겉으로는 영국과 조금도 차별이 없는 사회체제와 법률적 지위를 갖는 것 같지만 아일랜드인들은 그렇게 느끼지 않는다. 자신들은 어디까지나 영국의 2등 국민이라는 자괴감을 떨쳐내지 못한다.

보이지 않는 차별은 지극히 교묘해서 '내 땅에서 내 마음대로'를 불가능하게 한다. 정치적 부자유는 자신의 미래와 자신이 살고 있는 사회구조에 대한 냉소와 허무로 이어진다. 영국이 아일랜드를 병합한 지 거의 5백 년이 흘러가는데도 이 문제는 쉬 해결되지 않고 있다. 영화 속의 젊은이들은 조금씩 나이가 들어가면서 점차 현실에 적응해 가기 시작한다. 그러나 그것은 그들이 꿈꾸던 삶은 아니다. 그들이 그렇게 증오하던 자동차와 오디오와 집과 직장으로 구성되는 빤한 삶을 위해 자신을 버리는 것이다. 한국의 어른들은 이런 젊은이들의 변화를 "이제 철이 들어 간다."고 말한다. 과연 철이 들어 가는 젊은이들의 삶은 행복할 수 있을까.

사람들은 모두가 사회적으로 성공할 수 없다. 성공과 실패의 척도가 돈과 대중적 환호로 이어지는 유명세에 있는 것처럼 치부되거나 시스템을 장악하는 지위 즉 국회의원이나 대통령, 판사, 검사들처럼 힘과 권력을 쟁취하는 것이 되어 버린다면 그것들은 반드시 심각한 사회적 모순을 낳게 된다. 무수히 많은 실패자들을 딛고 소수의 성공한 사람이 만들어지기 때문이다.

자기 자신의 존엄성을 지켜 내면서 남들과 함께, 남들을 도우면서 살아가는 삶, 자신이 원하던 바를 한 가지라도 실현시킬 수 있는 삶을 사는 사람이야말로 성공한 사람들이다. 그들은 어떤 경쟁보다 자신 스스로와의 싸움에서 지지 않는 사람들이다. 폐

허와 다름없는 포항 해변에 거대한 제철소가 들어섰다. 철강 한
국의 꿈을 이룬 박태준이란 인물은 죽음에 이르렀을 때 단 한 푼
의 재산도 남기지 않아 장례식 비용조차 없었다. 그의 마지막은
그가 철강 산업을 성공시켜 한국의 자동차와 건설 산업을 가능
하게 했던 거대한 공적보다 더 큰 울림을 남겼다. 그는 성공한
재벌 총수도 국무총리도 아닌 '박태준'이란 자신과의 싸움에서
성공한 사람이다.

내가 연 세상 내가 닫고 가야 한다
문제는 많은 문을 열었다는 것
풀잎 하나 스스로 흔들리지 않듯
오가는 모든 것 바람의 눈을 가졌다
한여름 뼈를 깎는 매미처럼
예리한 칼날 위를 넘어가는 가시들의
따가운 소리 그러나
빈 하늘의 적요는 깨어지지 않는다
어깨에 어깨를 의탁하며
지울 수 없는 바람의 눈으로
뼈를 깎는 귀들아 보아라
얇은 풍경의 잔떨림,
내가 뱉은 말들이 나를 꿰뚫고 있다
한 몸 먼지 되어 날리는

단순한 허공에서

나는 나를 들을 것이다

탓하지 마라 가난한 네 뼈의 틈새를

　—졸시 「가난한 풍경이 말하는」

　요즘 상당수의 젊은 사람들은 '자신이 무엇을 원하는지 모르 겠다'고 말한다. 한 번도 진지하게 자신이 누구이며 진정으로 무 얼 원하는지 깊이 생각해 볼 수 있는 기회를 갖지 못했기 때문이 다. 유치원에서부터 대학에 이르기까지 태어나서 그들이 해야 했 던 일은 오직 공부를 열심히 해서 일류 학교에 진학하는 일이었 다. 상담교사와 부모와 더러 멘토 역할을 하는 사람들이 주변에 있었다고 하더라도 그것은 크게 달라지지 않는다.

　어떤 조언자도 젊은이들에게 '실패해 볼 수 있는 자유와 용기' 를 말해 주지 않기 때문이다. 스스로 삶을 선택해 볼 기회가 없 었던 청년들은 자신의 꿈에 대해 아예 마음을 닫아걸어 버린다.

　부모가 원하는 삶이나 이미 주어진 현실에 '적응'할 것만 강요 하는 현실에 절망하게 되는 것이다. 공부를 잘해 일류 대학에 진 학하고 바늘구멍 같다는 일류기업에 취업한 소위 성공한 엘리트 젊은이들도 마찬가지이다. '이것이 진정한 나의 삶인가?'에 대해 끊임없이 회의한다. 그들은 〈트레인스포팅〉의 젊은이들처럼 꿈 을 접거나 헬 코리아를 외치며 한국을 탈출하려고 한다.

　일본에서 태어난 '오타쿠'란 단어는 마음을 닫아걸고 자신의 세계로 숨어들어 외톨이가 되어 버린 젊은이들을 가리키는 말이다. 사회학자들은 이런 현상을 '동물화하는 포스트모던 사회'의 특징이라고 정의한다. 오타쿠들은 종종 좀비에 비유되기도 하는데 이런 고립된 반사회적 젊은이들은 쉽게 자기 파괴에 다름없는 테러에 빠져들기도 한다.

스노비즘 현상은 한국 사회에서도 얼마든지 발견할 수 있다. 컴퓨터 게임에 빠져 헤어나지 못하는 젊은이들이 게임방에 넘쳐난다. 갈 곳을 잃은 젊은이들에게 아무리 그럴듯한 조언을 해도 그들은 마음을 열지 않는다. 오직 이익의 증대를 위한 효율과 이를 위한 구조조정에 혈안이 되어 있는 불안한 사회, 실업의 위험이 상시화된 사회의 경쟁 대열에 합류할 의사를 그들은 갖고 있지 않다.

빈부의 격차와 기회의 불평등이 보편화된 자본주의 사회의 문제를 날카롭게 지적한 지젝조차 단지 미국의 금융 중심지인 "월가에 저항하라!"고 외칠 뿐 근본적인 대책을 내놓지는 못했다. 하지만 대안이 없는 것은 아니다. 빈부의 격차를 해소하고 기회의 불평등을 해결할 수 있는 비전과 젊은이들에게 자신의 삶을 선택할 수 있는 자유를 보장할 수 있다면 우리가 사는 사회는 서서히 변화를 맞이할 수 있다. 미래를 만들어 가는 주체는 젊은이들이기 때문에 우리는 젊은이들의 고민과 꿈을 더 적극적으로 수용하는 자세를 가져야 한다. 미래의 비전은 그들 속에 있기 때문이다.

○

너는 또 다른 나다

\- 우윈툿조

      한 알의 밀알이 썩어 온 밭이 밀밭이 된다는 성경의 이야기는 너무 유명한 이야기여서 서두를 꺼내는 것조차 새삼스럽다. 굳이 기독교인이 아니어도 이 '밀알'의 교훈과 지혜는 너무도 우리에게 익숙한 것이다. 하지만 나는 반드시 이 이야기로 서두를 꺼내고자 하는 절실한 이유가 있다.

  불과 2시간 반 시차를 두고 미얀마와 한국에서 서로 다른 언어와 문화를 배경으로 살아가는 나는 흔히 말하는 경계인이다. 두 개의 조국과 두 개의 모국어 두 개의 현실을 한국과 미얀마 양쪽에 걸쳐 두고 산다. 이미 해외 거주민 칠백육십만의 시대라 일컬어지고 있는 글로벌한 시대에 두 나라가 서로 다른 특성을 자신의 삶으로 받아들이며 사는 것이 크게 특별한 일은 아니다. 일자리와 직업을 찾아 전 세계를 넘나드는 현대인들을 에릭 홉스봄은 '국경을 넘는 노동자'들의 시대라고 했다. 노동이 국경을 넘는다는 것은 직업을 찾아 단순히 다른 곳으로 이동하는 것만을 의미하지 않는다. 노동이 생계의 수단이고 생계가 곧 삶 그 자체를 가리키는 것임에 틀림이 없다면 현대인들의 삶은 적어도 2개 이상의 서로 다른 삶과 부딪치며 살아간다는 걸 의미한다. 어떻게 해야 이런 문제들을 극복할 수 있을까?

흔히들 그 나라에서 살고자 한다면 그 나라의 언어를 빨리 습득하고 문화를 이해하려는 자세가 필요하다고 충고한다. 모두 다 맞는 이야기고 현실적인 충고다. 하지만 이것만으로 모든 문제가 해결되지는 않는다. 현실적인 필요와 수단을 갖추는 것만이 전부가 되어서는 끝내 우리는 이동하는 현대 유목민의 정체성을 갖추기 어렵다. 내가 나이면서 동시에 발을 딛고 있는 세계의 일원이 되기 위해서 필요한 것은 사실 너무나 당연하지만 어려운 '사람에 대한 사랑' 바로 그것이다. 단순히 봉사와 기부를 열심히 하는 것을 말하는 것이 아니다. 자신을 둘러싼 세계와 그 구성원들의 아름다움과 가치를 자각하는 일이야말로 '서로 다른' 사람들이 서로를 진심으로 사랑할 수 있는 길이다.

불과 마흔네 살에 세상을 떠난 미얀마의 노동자 우윈툿조는 내게 바로 그 사람에 대한 사랑을 일깨워 준 사람이다. 그는 밀양의 한 자동차 부품 공장에서 일하던 이주 노동자였다. 에릭 홉스봄이 말하던 그 현대인이자 프랑스의 철학자 쟈크 아탈리가 말하던 현대의 유목민 중 한 사람이었다. 그가 단순히 한국어를 잘해서, 한국의 문화를 정말 깊이 이해하고 있어서 우리에게 잊을 수 없는 사람이 된 것이 아니다. 그는 일하는 도중 추락 사고로 뇌사에 이르렀지만 자신의 평소 신념을 한국 땅에 남겨 두었다. 장기기증을 통해 4명의 사람을 살렸으며 자신의 장례비마저 한국의 고아원에 돌려주었다. 그는 자신이 일하고 살았던 세상과 사람을 사랑했으며 이를 죽음을 통해 실천해 보였다.

평소 그의 신념을 잘 알고 있었던 가족들에 의해 그의 뜻은 실현이 되었고 우리는 그의 사람에 대한 사랑이 소멸하지 않도록 뜻을 모았다. 그가 한국 땅에 심어 놓은 밀알 한 알은 미얀마 한인 사회를 움직여 '우원툿조장학재단'을 출범하게 만들었다. 한 알의 밀알이 썩어 수많은 밀알들이 새로운 삶의 기회를 갖도록 그의 뜻이 이어진 것이다. 그에게서 배운 사람에 대한 사랑은 나의 미얀마에서의 삶을 더 소중한 것으로 이끌어 가는 힘이 되었다. 서로 다른 것들이 편견과 논리를 떠나 서로를 도울 수 있는 힘은 의외로 우리 모두의 심장에 살아 숨 쉬는 사랑 그 자체에 있었다.

○

사람에 대한 기다림

미얀마에서 살아가다 보면 자주 떠오르는 단어가 있다. '기다림'이란 단어가 그것이다. 병이라고까지 불리는 우리 한국인들의 '빨리빨리' 문화에서 보자면 미얀마 사람들의 한없이 느린 일 처리 방식은 나를 답답하게 만들 때가 많다. 문화적 차이라고 말해 버리면 간단한 일일지 모르지만 나는 이 미얀마 사람들의 특성을 이해하기 위해 무진 애를 썼는데 17년이 다 되도록 아직 적응이 쉽지 않다. 세상을 이해하는 일도 사람을 이해하는 일도 이와 비슷하다.

군사독재 시절 사형을 언도받고 감옥에 갇힌 한 양심수는 아들로부터 편지를 받았다. "왜? 나쁜 일을 하고 남을 해치며 폭력적인 사람들이 선하고 도덕적이며 올바른 사람들보다 더 잘살고 더 큰 힘을 행사하고 사는지 이해할 수 없다. 정말 하나님이 계신다면 어떻게 그럴 수 있느냐?"고 묻는 내용이었다. 기독교인으로 신심이 깊었던 양심수는 오늘 죽을지 내일 죽을지 모르는 상황 속에서 아들에게 답장을 보냈다. "네가 남의 마음을 아프지 않게 했다고 해서 너의 아버지가 할아버지가 또 그 할아버지가 모두 그랬다고 자신할 수 있느냐. 누군가의 잘못으로 세상에 상처와 틈이 생기면 그것은 결코 사라지지 않는다. 오직 사람의 헌신과 사랑으로만 그 틈이 메꿔지는 만큼 누군가 그걸 메꾸어 가야 한다. 신은 그래서 공평하신 것이다."

이 양심수는 나중에 대통령이 되어 나라를 이끌었다. 도저히 이해되지 않는 모순과 불합리함을 해결해 가는 데 빠져들기 쉬운 상대에 대한 원망과 분노를 한발 비켜서서 바라다보면 우리는 얼마나 조급하고 즉각적인지 깨닫게 된다.

또 한 사람이 떠오른다. 선천성 소아마비로 오른쪽 발을 심하게 절던 후배가 있었는데 똑똑하고 날카로운 논리로 자기주장을 잘하던 친구였다. 그러나 그 후배는 집이 가난해 늘 힘들어했다. 한번은 아침에 찾아와 서울에 다녀올 일이 있다며 돈을 빌려 달라고 해 여비를 주었다. 그러나 몇 시간 지나지 않아 우연히 극장 앞을 지나가다 영화를 보고 나오는 그 친구를 목격했다. 서로 눈이 마주쳤지만 나는 못 본 척 그 앞을 지나쳤다. 나는 그 이후에도 그 친구에게 아무 말도 하지 않았다.

어느 날 그가 내게 물었다. 왜 아무 말도 하지 않느냐고 말이다. 나는 웃으며 말했다. 사람을 기다릴 줄 알아야 한다고 내 선배가 내게 가르쳐 줬거든. 나 역시 너처럼 그 선배에게 터무니없는 짓을 했는데 아무 말도 하지 않고 더 잘해 주길래 너처럼 물었어. 그때 그 선배가 해 준 말이 바로 사람을 기다려 줄 줄 알아야 한다는 말이었어. 스스로 자신의 부끄러움을 수정할 때까지 기다려 준 셈이지. 이제 내 차례였을 뿐이야.

후배는 말없이 내 앞을 떠났다. 나는 옳고 그른 것을 분명히 하는 것을 좋아한다. 하지만 그것을 모두 표현하는 것은 좋아하지 않는다. 왜냐면 사람들이 스스로 자신을 수정할 기회를 갖도록 하신 신의 뜻을 따르고 싶기 때문이다. 더불어 살기 위해서 작은 이해관계로 인해 사람이 사람을 떠나는 것이 가슴 아프기 때문이다. 사랑받는 자만이 사랑을 베풀 줄 안다고 했다.

해 질 녘엔 누구나 자신의 긴 그림자를 보게 된다

이 생각 저 생각, 나는 서 있다

눈도 오지 않는 양곤에서

나는 나를 무한히 사랑해야 한다

눈처럼 흘러가는 흘라잉 강과 빤라잉 강을

탓할 수는 없는 것

강을 먹고 사는 물고기처럼

나는 스스로 내 안팎을 채우지 못하고

어슴새벽 개밥 그릇 같은

어둑한 손을 핥는다

흘라잉 강과 바고 강이 만나 바다로 흘러가는

양곤 강, 소리 없이 바라보면

언제나 그랬듯이 나는

뼈 없는 몸처럼 멀리 흘러간다

몸서리친들 벽이 울더냐

노을 구름 가르며 물비늘이 묻는다

지워질 때처럼

다시 아침 햇살이

온몸으로 달려와 매달리는 하구의 미이와,

탁류의 나는 말문을 닫는다

그러나 들을 수 있다

까마귀 울음소리조차

새로 태어나는 해 질 녘 미이와를

흘러가는 나의 긴 그림자

　　—졸시「양곤 엘레지」

　한번 생긴 상처가 저절로 사라지지 않듯이 한번 베푼 사랑도 사라지지 않는다. 나는 새삼 삶을 기다려 줄 줄 알아야 한다던 선배의 말을 되새기며 미얀마 사람들과 나를 둘러싼 사람들을 떠올려 본다.

○

뒤를 돌아보라,
거기 오래된 미래가 있다

미얀마 한글학교가 코리아센터로 이사한 후 3년 만에 혁신적 비상을 시도한다. 이 소중한 지면은 한글학교를 중심에 둔 자리인 만큼 저는 '쓰기'와 '기억하기' 그리고 '사실'과 '진실' 같은 문제들을 여러분들과 함께 생각해 보고자 한다. 모든 생각들이 '한글학교'라는 본분에 걸맞은 이야기가 되었으면 한다.

전쟁을 치르고 전선에서 돌아온 병사들이 일상에 적응하지 못하고 혼란을 겪는 이야기는 소설의 단골 메뉴이다. 왜 그렇게 되었을까? 인간은 개인의 의지로는 어찌할 수 없는 불가항력적인 일을 당할 때가 많다. 전쟁뿐만 아니라 지진이나 쓰나미 같은 것들도 그렇고 예기치 않은 교통사고도 내가 원해서 일어나는 경우는 많지 않다. 개인의 운명을 개인의 의지로 선택할 수 없는 일이 너무 많지 않은가? 그래서 이런 일을 당하게 되면 사람들은 혼란과 분열을 경험하게 된다.

부모님의 갑작스런 이혼과 사별 같이 원치 않는 이별도 여기에 속한다고 할 수 있다. 이런 일을 겪게 되면 누군들 방황하지 않고 견딜 수 있겠는가? 왜 내게 이런 일이 일어났지? 나는 어떻게 해야 할까? 누구와 이런 문제를 이야기해 볼 수 있을까? 마음속에서 일어나는 수많은 질문에 직면할 수밖에 없다. 이럴 때 사람들은 자신의 고통과 상처를 치유하기 위해 무엇인가를 한다. 여행을 떠나 보기도 하고 종교를 찾기도 한다. 그림을 그려 본다든지 글을 써보기도 한다. 하지만 마음속에 깊이 아로새겨진 상처는 쉬 치유되지 않는다.

독일의 극작가 볼프강 브레히트는 이럴 때 "네가 겪은 일을 알고 싶거든 그것을 글로 써 보라"고 말한다. 자신이 처한 상황을 글로 써 봄으로써 자신이 겪은 일에 대한 숨겨진 의미와 가치 또는 도덕적 정당성 같은 문제들을 정리해 볼 수 있기 때문이다. 무엇보다 자신을 치유할 수 있는 사람은 자신뿐이기에 스스로 자신과의 대화를 시작하지 않으면 안 되는 것이다. 그것이 글쓰기의 본질이다. 불안과 혼란과 두려움과 고통에 맞서는 일이 바로 글쓰기인 것이다.

말을 배우고 글을 써 보는 일은 오직 인간에게만 주어진 특별한 권능이다. 그래서 성경은 '태초에 말씀이 있었다'고 가르치고 있다. 성경은 바로 이 말씀을 문자로 써 보는 일에서 시작하는 것인 만큼 나는 이 자리를 빌려 무엇이 우리를 '글 쓰게 하고 이를 묶어 책을 만들게 하는'가를 생각해 보려 한다.

앞서 전쟁에서 돌아온 병사가 자신이 겪은 일을 글로 쓴다면 어떤 이야기를 쓰게 될까? 아마도 자신이 겪은 가장 잊을 수 없는 사실과 그와 관련된 자신의 감정일 것이다. 객관적인 전투 보고서가 아니라 일기에 가까운 고백들을 풀어 놓기가 십상이다. 그렇다. 고백은 자신의 숨김없는 속마음을 드러내는 방식을 취하고 있다. 그렇기 때문에 언제나 진실을 전제로 한다. 고해성사가 그렇듯이 말이다. 고백의 형식이 그러하듯 글쓰기 역시 거짓을 배제하는 자기 검증으로부터 출발한다.

사람은 지나가 버린 자기 기억을 합리화하거나 미화해 버리기 쉬운 탓에 반드시 스스로 자신의 모습을 들여다보아야 한다. 자신을 뒤돌아보는 일은 진실한 고백을 위해 필히 거쳐야 할 통과의례라 할 수 있다. 자신을 돌아보는 것은 바로 쓰기의 시작이다. '뒤를 돌아보라'는 명제는 사실은 역사 철학자 에드워드 H. 카가 쓰던 말인데 그가 이 말을 주요 명제로 세운 까닭은 뒤를 돌아봄으로써 '미래'를 알고자 함이었다고 한다. 미래를 알고 싶다면 뒤를 돌아봐야 한다는 충고는 한 나라의 역사든 개인이든 마찬가지일 것이다. 과거를 돌아보기 위해 할 수 있는 가장 좋은 방법은 그 과거를 거짓 없이 써 보는 것이다. 그렇다고 부모가 누구인지 어떤 학교를 다녔는지 이력서와 같은 사실이나 주민등록증에 기재된 사실 같은 것으로는 진정하게 뒤돌아보며 이르기는 어렵다.

구름 사이로 햇살이 뛰어내리는 오후
부산 철도청 기관구에 열차들이 멈춰섰다
얼마나 많은 열차들이 돌아오고 있을까
낡은 양철판 구멍으로 내부를 엿본다
검은 자갈과 레일 사이, 패랭이 꽃잎 하나
찢어진 거미줄에 걸려 있다
짐칸 바닥엔 대구능금 궤짝들이 나뒹굴고
평양에서 오십오년 만에 만난
남북 정상의 얼굴이 찍힌 신문이
객실 문틈 사이에서 구문처럼 펄럭인다
죽은 듯 멈춰 있는 기차의 정적!
구멍 쪽을 바라보는 기관구 속
고양이 한 마리
차단된 빛을 가로질러 밖으로 뛰쳐나간다
—졸시 「기관구를 엿보며」

역사적 사실 역시 그와 비슷하다. 나라와 나라 간의 전쟁을 기록해 놓은 사실만으로는 그 전쟁으로 인해 피해를 입은 수많은 사람들의 슬픔과 고통을 천분의 일도 다 헤아릴 수 없다. 그래서 우리는 가끔 역사의 행간을 읽을 줄 알아야 한다고 말하곤 한다.

수많은 사실과 사실들 사이에 숨어 있는 진실을 알기 위해서 행간의 맥락을 쫓아가야 한다는 말이다. 어떻게 해야 행간의 맥락을 따라 진실에 이를 수 있을까? 독일의 불우한 천재 발터 벤야민은 "한 지역의 역사는 기록되지 않은 역사보다 결코 크지 않다."고 했다. 그렇다. 기록되지 않은 시간, 아직 말해지지 않은 진실은 기록된 것들보다 훨씬 크고 많을 것이다.

발터 벤야민은 드러난 사실 그 너머를 중요하게 생각한다. 드러난 것들은 어떻게 해서든 '당대의 힘 있는 자의 입김이 묻어 있기 때문에 온전한 진실'이기 어렵다는 것이 그의 판단이다. 그는 진짜 기억을 불러내는 방법으로 '냄새'와 '소리'를 꽤 중요하게 여긴다.

비 오는 날 이웃집에서 흘러들어 오는 부침개 냄새에 문득 까마득하게 잊고 있던 유년시절의 한때가 떠오를 수 있다. 장독대가 있던 뒷마당의 뽕나무와 종이로 접은 것처럼 깔끔했던 보라색 흰색의 도라지꽃이 떠오를지도 모른다. 거기 젊은 시절의 어머니가 조용히 미소 지으며 서 있는 모습이 떠오를지도 모르는 것이다.

세상 어떤 기록에 그런 기억이 기록되어 있을까? 이런 기억을 단지 개인의 사적인 기억에 불과한 것으로 의미가 없는 것이라 할 수 있을까?

이때의 기억이 초등학교를 다닐 무렵의 것이라면 이 시기의 내 기억을 '1963년 서창국민학교 졸업'과 같은 기록으로 어떻게 감당할 수 있겠는가? 사실과 진실의 관계는 이렇게 엄청난 차이를 가지고 있다. 더 중요한 문제는 글을 쓰기 위해 치르는 이런 거짓 없는 자기검증이 근본적으로 어디에 가닿아 있느냐는 것이다. "나는 누구인가?"라고 묻는 순간 이 질문은 "나는 참인가"에 닿아 있다는 사실이다. "내 존재가 참이면 어떻고 조금쯤 거짓이 섞여 있으면 어때?"라고 반문할 수 있다. 전자를 우리는 이상주의라 부르고 후자를 현실주의라 부른다. 자본주의 사회의 모든 체제와 질서는 부를 척도로 평가되고 판단한다. "이런 세상에 온전한 참이라니?" 굶어 죽기 딱 좋은 생각이라 할 수 있다. 그래서 요즘 세태에서는 이상과 현실 사이의 '적당한 균형'을 강조하고 또 가르친다. 하지만 우리는 적당한 진실을 원치 않는다. 끝까지 진실을 밝히라고 촛불을 켜 들기도 한다.

어디서나 가짜가 아닌 진짜를 요구한다. 내가 사랑하는 사람이 진실한 사람이기를 원한다. 거짓 사랑을 원한다는 사람을 나는 한 번도 본 적이 없다.

때로 진실은 평화로움보다 고통스러울 때가 많다. 그러나 이를 회피한다면 우리의 삶은 화려한 환영의 사막에 이르고 말 것이다. 할리우드에서 유행하는 좀비 영화들의 저변에는 현대인들의 '좀비성'을 풍자하는 비판이 들어 있다. 죽었으되 살아 있는 인간, 오직 먹어 치우는 본능만 남은 좀비들의 모습에 돈이라는 바이러스에 감염된 현대인들의 얼굴을 겹쳐 놓는다. 학교는 참을 말하고 가르치는 곳이지 현실을 가르치는 곳이 아니다.

이번에 마련되는 새로운 글 마당 '코리아센터'가 신기태 교장 선생님과 모든 선생님을 비롯하여 또 하나의 좋은 학교가 되길 기원한다.

○

유익한 공동체 삶의
희망

지구가 펄펄 끓어오르고 있다. 일본과 한국에서
는 연일 수은주를 경신하고 있는 고온으로 인해 위기 경고가 발
령되고 사망자들에 관한 뉴스 속보가 계속되고 있다. 111년 만
에 섭씨 40.3도에 이르렀다는 영천의 기온은 금세기의 한국인들
에게 큰 위기감으로 다가온다. 기상대의 슈퍼컴퓨터가 그려 내
는 지구의 사진은 붉게 타오르는 열파로 뒤덮여 불안을 증폭시
킨다. 드디어 지구의 환경은 한계에 이른 것일까? 라오스의 폭우
로 남부 아타푸주에 대홍수 사태가 발생하는가 하면, 미얀마에
서도 여느 해와 다르게 비가 많이 내린다. 비극적 전망과 낙관적
전망이 엇갈리고 있음에도 불구하고 우리가 체감하는 생태 환경
은 긍정적이지 않다. 유엔은 21세기 말이면 지구촌을 떠도는 환
경 난민들이 20억에 이를 것이라고 경고하고 있다. 추위와 더위,
홍수와 가뭄, 지진과 화산 폭발 등 균형을 잃은 지구의 환경 재
앙으로부터 살아남기 위해서 국경을 넘는 사람들은 지금도 수억
에 이른다. 이렇듯 전 지구적 차원의 문제가 되어 가고 있는 환경

재앙은 어쩔 수 없이 '지구 단위의 위기'를 생각하게 만든다.

  그동안 외계인의 침공에 맞서는 지구연합의 전쟁을 다룬 〈인디펜던트 데이〉나 환경재앙으로 인한 지구의 종말을 그린 〈2012〉 등의 재난 영화들이 제작되면서 비록 허구이지만 인류의 상상력은 소범주의 지역 개념이 아니라 전 지구적 차원의 범주를 위기의 대상으로 상상하기 시작했다. 이런 허구의 재난 스토리와 상상력 외에도 환경론자들과 학자들은 수없이 지구적 단위의 재난 가능성을 경고해 왔지만 공동대응을 위한 효과적인 방안이 실효를 거두고 있다는 증후를 확인하기는 어려웠다. 매년 국제 환경기구나 다보스포럼 등에서 거론되는 저탄소 정책이나 프레온 가스 규제 정책 등이 지금 우리 앞에 다가온 환경재앙의 문제를 개선해 갈 것이라 믿는 사람은 많지 않다.

  국가와 민족, 언어와 문화의 숱한 차이에도 불구하고 환경을 둘러싼 위기는 지구 단위의 공동체를 염두에 두지 않을 수 없게 한다. 그동안 공동체란 개념은 비교적 협소한 범주에서 사용되어 왔다. 목가적인 농촌 마을이나 종교적 차이나 문화적 특성이 뚜렷한 도시의 생활 생태계를 자발적 범주로 하는 용어로 사용되어 왔다. 그러나 21세기 지구촌이 맞이하고 있는 '위기'는 미국이나 중국, 인도나 파키스탄, 인도네시아나 일본 등 잦은 재해로 뉴스의 헤드라인을 장식하는 국가들만의 문제가 아니라는 사실을 확인시켜 주었다. 아시아이건 아프리카이건 남미대륙이건 지구촌의 특정 영역에서 발생하는 문제는 곧바로 지구 전체의 문제가 된다는 것을 알게 되었다. 전 지구를 휩쓸고 있는 환경재앙이 우리에게 강하게 지시하는 문제는 전 지구를 하나의 '공동체'로 인식하지 않으면 안 된다는 것이다.

하지만 이렇게 새로운 차원으로 제기되는 지구적 차원의 '위기'가 환경재앙에만 국한되는 것은 아니다. 인류 스스로가 만들고 스스로 공멸의 위기에 빠트리고 있는 소위 핵문제 역시 마찬가지다. 핵을 핵으로 제어한다는 정책을 고수하고 있는 핵보유국들의 문제는 핵무장과는 아무 상관없는 비핵 국가들을 잠재적 희생의 볼모로 상정하고 있다. 전쟁과 현대 과학 문명이 만들어 낸 이 미증유의 위기는 핵 강국들만의 문제가 아니라 전 지구적 차원의 불안이다. 오직 핵을 보유한 국가들의 인류애와 이성에만 기대야 하는 핵문제는 마치 어긋난 운동장과 같다. 우리 한반도에서 벌어지고 있는 북미 간의 기묘한 핵 게임 역시 마찬가지다.

1983년 이영희 선생은 「한반도는 핵 볼모가 되려는가」라는 글을 발표, 미소 간의 핵 경쟁에 볼모가 될 수밖에 없는 한반도의 운명을 경고한 바 있다. 미국은 북한의 완전한 핵폐기를, 북한은 70여 년에 이르도록 대치 상태에 있는 한반도에서의 정전협정 폐기를 요구하고 있다. 이 글을 통해 이 '두 개의 폐기' 문제를 거론코자 하는 것은 아니다. 한반도의 핵문제가 상정하고 있는 바는 바로 앞서 지적한 인류공동체의 문제를 환기시키고자 하는 데 있다.

시리아와 수단 콩고를 비롯한 지구촌의 많은 지역에서는 환경 재앙과 전쟁이 겹쳐 도저히 살아갈 수 없는 지옥이 되어 버렸다. 이들은 오직 '살아남기 위하여' 보트에 몸을 싣고 바다를 건너다 죽어 간다. 잔인하게도 우리는 이를 위성에 접속된 초스피드의 네트워크로 월드컵 축구게임처럼 지켜보고 있다.

환경재앙과 두려움과 공포를 상정하는 핵전쟁만이 인류공동체를 위협하는 '공공의 악'일까. 소위 파이낸싱이라 부르는 금융 즉 돈 그 자체는 증권과 현물 시장에서 사고 팔리면서 유통의 모순과 허구의 세계를 만들고 있다. 물론 토지와 주택, 노동과 건강, 석유와 철 심지어 식량 문제에 이르기까지 모든 것이 부를 축적하기 위한 자원으로 환원되는 무한경쟁의 신자본주의 시스템은 인간의 인간다움을 위협하는 '화려하고 가득 찬 실재의 사막'으로 지구를 변모시켜 가고 있다. 이는 매일 아침 눈을 뜨고 삶을 시작하는 사람들의 일상 그 자체가 되어 있다는 점에서 훨씬 절박한 인류 공동의 위기를 만들고 있다.

큰 문제에서부터 작은 문제에 이르기까지, 일자에서 다자에 이르기까지, 일상적인 날마다의 생계에서부터 거시경제의 보이지 않는 시스템에 이르기까지 금세기 인류는 하루도 맘 편히 생을 생답게 구가하기 어려운 환경을 맞이하고 있다. 하루하루의 생계를 위해 고투하는 개인들과 자본화된 세계의 시스템 속에서 인류공동체의 전망은 신심 없이 입 끝으로만 외우는 기도가 되기 쉽다.

차이와 차별로 점철된 세계에서 개인들의 운과 자비와 인간애와 이성과 도덕적 선의에 기대 인류공동체의 평화와 상생을 기대해야 하는 것일까.

금세기 최고 철학자 중 한 명인 독일의 하버마스는 "무수히 많은 사람들의 작은 동심원 즉 네트워크가 상호 간의 의사를 소통함으로써 의사소통의 인드라망을 형성해 갈 것"을 제안한 바 있다. 소통이 가능한 사람들의 네트워크는 국가나 민족이나 공공의 시스템이 만들어 가는 것이 아니라 '오늘 이곳에서 살아가는 사람들' 그 개개인의 상호 소통에 있다고 그는 말한다. 한 뛰어난 철학자의 진단이 인류의 공동체적 미래를 구원할 수 있을까.

4차 산업사회의 환경에 접어들고 있는 인류는 그 어느 때보다 손쉬워진 의사소통 방식을 갖기 시작했다. 이는 인류가 어두운 욕망의 터널을 빠져나와 진정한 공동체를 꿈꿀 수 있는 기회를 제공하고 있다. 불이문의 지혜는 차별 없는 공유의 방법을 수천 년간 인류에게 가르치고 있다. 오른뺨을 맞으면 왼뺨을 내어주라는 성경의 오래된 가르침은 바로 새로운 세기의 공동체를 열어 갈 소통의 기본을 말하고 있다.

○
내가 왜 그런 것을
해야 하지?

한국사회가 고령화 사회가 되어 가면서 가장 크게 부각되고 있는 문제는 노인문제가 아니라 오히려 젊은 세대들의 미래에 관한 것이다. 출산율의 저하는 곧 국가 생산성의 저하로 이어진다. 한 통계는 앞으로 30여 년 후면 한국의 인구가 지금의 절반인 2,800만 명 수준으로 떨어질 것으로 예측하고 있다. 이 문제는 어떤 정치적인 문제보다 심각한 일이라 할 수 있다. 소위 '저출산 고령화' 문제를 해결하기 위해 대통령 직속의 특별위원회를 가동하기도 했지만 아직 해결의 기미는 보이지 않는다. 거꾸로 6포세대가 9포세대로 악화되었다. 결혼, 출산, 직업, 주택, 연애 등등 젊은 세대가 느끼는 절망적인 환경은 어둡기만 하다.

일을 하고 싶지만 일할 곳이 없다! 일을 할 수 없으니 돈이 없어 연애도 결혼도 출산도 주택이나 자동차도 갖기 불가능하다. 금수저, 최소한 은수저, 구리수저라도 물고 태어나지 않는 한 세상은 '화려하고도 투명한 감옥'이다. 어떻게 해야 한단 말인가? 청년들의 선택은 '포기'다. 그래서 나온 신조어가 바로 3포 7포 9

포라는 용어들이다. 자조와 냉소가 뒤섞인 이런 용어들은 그러나 현실이다. 물론 이런 척박한 시대적 환경을 뚫고 해외로 나가 새롭게 길을 개척하는 젊은이도 있고 기상천외의 아이디어로 성공신화를 써 내려가는 패기와 열정에 찬 젊은이들도 있다.

하지만 모두가 특별할 수는 없다. 모두가 일류대학을 나올 수도 없으며, 또한 천재가 될 수도 없다. '보통의 평범한 사람'이 크게 욕심 안 내고 성실하게 살아가면 그럭저럭 살 만한 세상이 아니라는 데 문제가 있다. 정부의 고용정책이 강화되면 기업은 앞에서 몇 천 명을 고용하고 뒤로는 똑같이 몇천 명을 해고한다. 아들을 고용하면 아버지가 해고당해야 하고 아버지의 직장이 유지되면 아들은 고용이 되기 어렵다.

이러한 제로섬 게임이 노동 시장의 법칙이라면 직업이 생겨도 어려움은 마찬가지인 경우가 많다. 임시직 천국이 된 대한민국의 기업현장을 그린 드라마 〈미생〉은 공전의 시청률을 기록했다. 고졸의 임시직이 그의 능력이나 인격, 열정과는 상관없이 끝내 정식 직원이 될 수 없는 치열한 한국의 기업 현실을 잘 보여준다. 왜 이렇게 되었을까? 원인과 이유를 찾자면 책 몇 권을 써도 부족할 것이다. 전 세계를 완전한 시장 시스템으로 만들어 버린 신자유주의 경제체제, 신 냉전체제를 방불케 하는 경제 대국들의 제국주의적 각축, 빈부의 격차, 자원의 고갈, 불평등, 무엇보다 더 이상 시장의 확장은 불가능한데 절제를 모르는 인간의 욕망 등등, 수많은 이유를 열거할 수 있지만 그것은 그저 이유일

뿐 개인들이 맞닥뜨린 현실은 한순간도 빈틈이 없다.

특히 이제 막 사회에 진출하고자 하는 청년들에겐 쉽사리 틈이 보이지 않는다. 죽어서 다시 금수저로 태어날 수만 있다면 그렇게 하겠다는 농담이 실감이 나는 현실이다. 나이든 선배나 어른들은 우리 때는 정말 처절한 환경을 감수하며 나라를 여기까지 끌고 왔는데 요즘 젊은이들은 조금만 힘들면 포기부터 해 버린다고 혀를 찬다. 하지만 이런 노인스러운 한탄이야말로 '꼰대'의 말이다. 지금의 젊은이들과 선배 세대는 출발이 다르다. 선배 세대들에게 세상은 아직 개척이 다 끝나지 않은 원시림이었다. 정말 열정과 노력과 성실함으로 끈기 있게 자신과 싸워 나가면 배고픔과 절망에서 벗어날 수 있었다. 잠시 낙오가 되더라도 다시 일어나 도전하고 또 도전하면 길이 열리곤 했다. 동료가 있었고 선배도 있었으며 가족도 있었다. 하지만 지금 청년들이 맞이하고 있는 세상은 개척해야 할 미지의 땅이 남아 있지 않다. 모든 영역과 모든 세계가 훤히 들여다보일 만큼 잘 정비되어 자신들이 끼어들 틈이 없다.

개척자들은 선배들이기 이전에 기득권을 가진 자들이며 이미 프론트를 점령하고 있는 강력한 점령자들일 뿐이다. 이런 '이미 결정된 세계', '이미 하나의 강고한 시스템'이 되어 버린 세계에 대한 절망을 우린 벌써 21년 전에 본 적이 있다. 1977년 한 편의 영화가 개봉되었다. 아일랜드 감독인 대니보일이 이완 맥그리거를 내세워 그려 가는 내용이 바로 '이미 모든 것이 결정된 세계'

에서 '오직 선택을 강요당할 수밖에 없는 청년들이 벌이는 자기 파괴적인 저항'이다. 영화의 대사는 숨 가쁘게 영국 에든버러 뒷골목에서 살아가는 보통의 청년들에게 속삭인다.

"인생을 선택하라, 직업을 선택하라, 가족을 선택하라, 대형 TV와 세탁기, 차도 선택하라, CD 플레이어와 자동 병따개도 선택하라, 건강도 선택하라, 콜레스테롤 수치도 낮추고 치아보험도 들어라, 고정된 수입도 선택하라, 새집도 선택하라, 결국엔 늙고 병들 것을 선택하라, 미래를 선택하라, 인생을 선택하라." 주인공 랜튼은 이 모든 강요된 선택에 대해 말한다.

"내가 왜 그런 걸 원해야 하지?"

오직 선택할 자유밖에 남아 있지 않은 화려한 감옥에서 내가 할 수 있는 일은 과연 무엇일까? 이런 청년들의 고민을 선배 세대들은 어떻게 받아들일까? 옛날처럼 "배불러서 지껄이는 헛소리"쯤으로 치부하는 것은 아닐까? 최근 미디어들은 심심치 않게 청년들에 의해 폭력을 당하는 뉴스를 보도한 바 있다. 청년들에게 노인들은 더 이상 존경해야 할 인간적 존재들이 아니다. 노인들은 그저 육체적으로 노쇠한 눈앞의 약자일 뿐 배려의 대상이 아닌 것이다. 요즘 노인이라는 사회적 정의는 65세가 넘어야 한다. 그리고 그들은 늙어도 그리 쉬 약한 존재가 되지 않는다. 얼마든지 자기관리를 하면서 육체의 노화에 대응할 뿐만 아니라 충분히 즐기기도 한다. 이제 나이가 든다는 것은 그저 개인차일 뿐이다. 그렇다고 노인들이 옛날처럼 청년들에게 많은 경험과 앞선 지식을 가르쳐 주는 선배들도 아니다. 창의성을 구호처럼 외치는 시대에 지난 시대의 경험이란 빨리 결별해야 할 악습일 뿐이며 낡은 지식으로는 현란하고 속도 빠른 디지털 시대를 살아가기 어렵다. 노인들은 디지털화된 세상을 모른다.

매 순간 변화하는 초단파의 정보 세계에서 그들은 손이 가는 약자들이다. 그런 그들을 무엇 때문에 존경하고 배려해야 한단 말인가? 이제 세대문제는 정년과 노인의 문제를 떠나 새로운 모럴이 만들어져야 할 때가 되었다. 사회적 성의 문제인 젠더나 이주민들의 문제인 디아스포라 문제 등과 함께 청년의 문제는 새로운 미래를 설계해야 하는 모두에게 주어진 하나의 큰 화두다. 우선 청년들을 있는 그대로 보는 노력부터 필요하다. 왜 아이들이 게임만 하느냐고 문제시 할 것이 아니라 게임이 무엇인지 왜 그것에 아이들이 심취하는지 그 중독성은 어디서 오는지 알아야 한다. 아이들의 욕망을 아는 것이 미래를 아는 것이다. 청년들은 더 이상 보호하고 가르쳐야 하는 존재들이 아니라 동시에 서로를 배우는 친구가 되어야 한다. 젊은이들의 패션과 스타일을 흉내낸다고 '꼰대'에서 벗어나는 것이 아니다. 청년들의 욕망을 존중해야 노인들의 욕망도 존중받을 수 있다. 동등한 기회를 서로에게 부여하는 룰이 필요하다.

그러나 무엇보다 우선하는 것은 '청년'들의 자기 인식이다. 누구보다 세상의 주인은 자기 자신이다. 자기 인생의 주인은 자신이란 낡은 언어는 인간이 홀로 우뚝 서야 하는 존재라는 점에서 아직까지는 진리다. 희망을 밀어붙여라. 진정한 청년의 꿈은 시련이면서 몰입이다. 이 몰입을 통해 이미 결정되어 버린 세계 '저 너머'에 존재할지도 모르는 새로운 차원을 개척해 갈 주인들은 역시 청년들이다. 그들의 미래는 청년 자신의 꿈속에서 태어난다.

○
어두운 창의 커튼을
젖히며

　　새해 첫날의 햇살을 맞은 지가 엊그제인데 벌써 한 달이 지나갔다. 시간과 계절이 얼마나 빨리 가는지 새삼스럽다. 그동안 우리가 살아가는 현실도 끊임없이 변화하고 있다. 미얀마의 노동환경 역시 그중의 하나다. 최저 임금이 3,600짯(Kyat, 약 3.2달러)에서 4,800짯으로 상승해 많은 인원을 고용하고 있는 기업들은 변화된 경영 환경을 어떻게 극복해 가야 할지 걱정이 커지고 있다. 물론 값싼 임금에 기대어 기업을 경영하는 것이 꼭 능사는 아니지만 갑작스런 임금의 대폭 상승이 그만큼의 생산성 향상으로 이어지기 어렵다는 점에서 분명한 경영환경의 악화로 이해할 수밖에 없는 환경이다.

　　이런 사정은 2018년 현재 최저임금 6,470원에서 7,530원으로 16.4%가 인상된 한국 역시 마찬가지다. 복지와 인권, 빈부격차의 해소라는 시대적 당위를 외면할 수 없는 것도 명백한 사실이지만 노동환경의 변화는 분명 기업과 노동자 모두에게 하나의 도전이 될 수밖에 없다. 미얀마의 수지 정부와 촛불 정국이 탄

생시킨 한국의 새로운 정부는 모두 강력한 민주화와 권위적인 정치문화 철폐를 요구받고 있다. 따라서 절대 다수를 차지하는 국민 대중의 요구를 받아들이지 않을 수 없다. 하지만 이 두 정부는 국내외에 수많은 난제를 안고 있어 그러한 다수의 요구를 모두 수용하는 데 한계를 가지고 있다는 사실 또한 부정하기 어렵다.

한반도의 분단 문제와 연계된 핵 문제와 미얀마의 군부 기득권 문제와 소수부족 문제 그리고 완전한 민주화를 정착시켜야 하는 과제 등 결코 쉬운 문제들이 아니다. 더구나 군사외교 문제는 한 나라 내부의 이해만으로 끝나지 않는 복잡한 국제적 함수 관계 속에 놓여 있는 만큼 결코 간단하지 않다. 하지만 이런 거시적인 문제들을 매일매일 일상생활을 영위해 가는 개인들이 '자기 문제'로 실감하기는 쉽지 않다. 자신의 이해에 직접 영향을 미치는 문제가 아닌 한 국가 전체의 정책이나 시스템의 문제가 자신의 일처럼 화급한 현실로 인식되기는 어렵다. 그래서 어느 나라나 현대를 살아가는 개인들은 자신들이 살아가는 세계의 제도적인 현실에 어떻게 개입해야 할지 난감해질 때가 많은 것도 부인하기 어려운 사실이다.

그래서 사람들은 "나는 정치는 몰라", "나는 정치가 싫어", "정치가들이 언제 우리 생각하는 것 봤어", "그놈이 그놈이야 다 똑같지" 등등의 시니컬한 비아냥을 쏟아 놓기 쉽다. 하지만 조금만 생각해 보면 우리 개인들은 국가의 제도나 정책으로부터 한발도 벗어날 수 없는 삶을 살고 있음을 쉽게 깨닫게 된다. 무엇보다 우리가 손가락질을 하는 그 '정치인'들이 바로 우리가 '선택'한 우리의 대표라는 것을 부정할 수 없다. 따라서 그들을 욕하는 것은 결국 자기 스스로를 욕하는 것과 다르지 않은 결과가 되어버린다.

최저임금에 대해서도 마찬가지다. 기업 환경을 걱정하는 경영자들과 저임금에 시달리는 노동자들은 서로가 서로를 거꾸러뜨려야 할 적이 아니라 함께 공생해야 할 공동 운명체임을 잘 알면서도 쉽사리 적대적 관계를 해소하기 어렵다. 치열한 경쟁으로 인해 어렵게 변해 가는 기업환경을 극복할 수 있는 어떤 상생의 방법이 있는지 '함께' '참여'해 토론하지 않는다면 서로 공멸하게 되어 있음에도 그렇다. 국민 대중과 정치인, 기업인과 노동자들이 서로 이해하고 토론하지 못한다면 그 앞엔 오직 서로를 비난하고 공격하는 파멸의 함정만이 기다릴 뿐이다. 그러므로 집단과 개인의 문제에서 참여와 토론은 의무이자 권리다. 참여하지 않는 자의 목소리는 그저 메아리 없는 비난에 그칠 뿐이다. 그러므로 그런 구성원은 자신의 권리를 보장받기 어렵다.

그러나 집단과 개인 간의 문제에서 반드시 잊지 말아야 할 전제는 효율과 이익이 아니라 '사람' 그 자체라는 사실이다. 특히 앞서 이야기한 임금문제에는 간과해서는 안 되는 중요한 문제가 있다. 바로 인간의 존엄성이 그것이다. 노동은 인간의 근육만으로 이루어지는 것이 아니다. 한 인간의 기쁨과 슬픔, 가족과 사랑하는 사람에 대한 꿈이 함께한다. 그러므로 충분히 존중되어도 부족하다. 하지만 무조건 높은 임금이 인간의 존엄을 지키는 유일한 방법은 아니다. 고용과 실업은 동전의 양면과 같아서 균형이 깨어지면 반드시 사회 정치적 문제로 확산되고 만다. 이제 미얀마와 한국은 어떻게 이 균형을 찾아가야 할지 모두 머리를 맞대고 논의해야 할 때다. 이러한 문제를 둘러싸고 좌우의 대립이나 정치적 이해를 우선하는 일은 결코 도움이 되지 않는다.

어떤 문제이건 결국은 사람의 문제일 뿐이다. 그러므로 개인들 역시 마찬가지다. 욕심을 내려놓고 자신의 욕망 속에 자리 잡은 은밀하고 어두운 그림자를 털어내는 자기와의 싸움을 멈추어서는 안 된다. 국가나 사회의 도덕성은 그 뿌리가 개인들의 양심 속에 있다는 것을 잊지 않아야 한다. 그래서 유교와 성리학은 수기치심 즉 부끄러움을 잃으면 인간이 인간의 자격을 잃는다고 거듭 경계했다. 자꾸 고개를 드는 욕심을 제어하는 데 게을러지지 않아야 한다는 것이나 스스로에게 하는 다짐이다.

이 글들을 묶어 20여 년 동안 미얀마에서 살아온 삶을 정리해 보고자 했다. 그러나 그러한 내 의중과는 상관없이 참으로 어처구니없는 상황이 벌어져 이 모든 생각들을 무의미하고 무색하게 만들었다. 모두가 알다시피 코로나19로 온 세상이 뒤집힌 금년 2월 미얀마에 쿠데타가 일어났고 나는 이 어처구니없는 사태에 절망하고 있다. 아니 절망스럽기보다 부끄럽다는 표현이 더 정확한 심중의 이야기다. 국민들 94%가 불교도인 고요한 나라 미얀마를 70여 년 동안이나 통치해 온 군부의 기득권은 언제라도 국민들을 억압할 수 있는 고질적인 문제였다. 60만 명에 이르는 미얀마의 군인들과 그의 가족들 240만 명을 더 해도 300만 명밖에 되지 않는데 이들이 6,000만에 이르는 미얀마인들을 그렇게 오랫동안 무력으로 억압해 왔다.

1988년 양곤 대투쟁 이후 두 번의 총선거를 거쳐 불안정하지만 민간정부가 들어서 민주주의를 성장시켜 가고 있었는데 또다시 어처구니없는 일이 일어나고 말았다. 불심을 뒤덮는 총과 칼, 두 얼굴의 미얀마를 견디며 살아온 나로서는 새삼 인간의 욕심과 부끄러움에 대해 생각해 보지 않을 수 없다. 결국 미얀마의 문제는 미얀마의 문제가 아니라는 결론에 도달했다. 자신의 욕심을 위해 부당한 폭력을 거침없이 사용하는 반인륜 범죄는 국가나 개인 모두 반드시 같은 결과에 도달한다. 쿠데타와 권력의 기득권과 빈부의 격차 그리고 개인들의 내면을 채우고 있는 음습한 상대적 욕구 등은 모두 인간 그 자체를 혐오하게 만든다.

인간에 대한 환멸은 사적 개인이나 국가나 사회 모두를 황폐하게 한다. 이런 사실을 모두가 알고 있음에도 이 문제를 해결하지 못하는 것은 왜일까? 종교도 정치도 과학도 도덕도 법률도 그 무엇으로도 해결할 수 없는 인간에의 환멸, 현대 문명은 이 환멸을 구조화하는 시스템인 것일까? 어디에도 출구는 보이지 않고 나는 까닭 모를 부끄러움에 어찌할 바를 모르겠다. 미얀마인들, 학생과 승려와 노동자와 농부들이 서슴없이 총구를 향해 걸어가는 모습이 연일 미디어를 통해 전달되어 온다. 그렇다. 어쩜 죽음을 향한 역동만이 삶의 환멸과 허무를 견디는 유일한 힘인 지도 모른다. 생각하고 또 생각하자. 그것이 설령 도로에 그친다 하더라도 작고 사소한 일부터 내 손으로 직접 할 수 있는 일부터 해결해 가자. 벌써 또 하루의 아침이 밝아 오려 한다. 어두운 창을 가리고 있는 커튼을 젖혀 햇살을 맞이하려 한다.

옴니암니,
나의 정치학

요즘 별로 듣고 싶지 않는데도 많이 듣게 되는 소리가 정치 이야기, 그것도 서로 싸우는 이야기들이다. 대체 정치란 무엇이기에 이리도 말도 많고 탈도 많은 것일까. 끊임없이 서로 옳다고 목청을 높이는 여야의 싸움은 정말 끝이 없이 계속된다.

도대체 끝이 없이 계속될 것만 같은 싸움을 보고 있노라면 어릴 때 어머니가 자주 쓰시던 말이 떠오른다. 아무 것도 아닌 일로 "옴니암니 지랄하고 자빠졌네"란 통렬한 한 문장이 그것이다. 지적은 장에 다녀오고 난 뒤 동네 아낙네들끼리 말다툼이 벌어질 때가 주로 터져 나오곤 했다. 갈치와 소금, 시금치를 사거나 콩나물이나 녹두 콩 따위를 사 가지고 돌아온 뒤 동네 아낙네들끼리 서로 잘 샀네 잘못 샀네, 그 물건이 좋았네 그 옆에 물건이 더 좋았네 정말 끝없이 이어지는 말싸움은 어머니의 "옴니암니!"가 터져 나와야 끝이 나곤 했다. 물론 이것도 작은 시골 마을의 일상적 정치라면 정치일 것이다. 정치란 생각이 다른 둘 이상의 주체가 총칼이나 폭력 대신 말로 싸우는 것이니 말이다. 그래서 전쟁이란 최후의 정치라고 하지 않던가.

그런데도 우리 주변에선 '숨만 쉬면 정치'라는 푸념을 어렵지 않게 들을 수 있다. 정치를 혐오하고 싫어한다는 사람들도 사실은 단 한 발자국도 정치로부터 자유로울 수 없다는 것을 증명할 수 있는 사례는 많고도 많다.

잘 아는 정당의 후보가 국회의원이 되면 건널목의 위치가 달라진다는 말이 있다. 100m도 안 되는 도로변에 두 개의 슈퍼가 있었는데 건널목의 위치에 따라 슈퍼의 매상이 달라지기 때문에 이런 웃지 못할 현상이 벌어진다는 것이다. 사실 정치의 위력은 추상적이고 거대한 정책에서보다 평범한 보통사람들이 일상의 작은 현실 속에서 더 크고 결정적인 것이 될 때가 많다.

그러니 그렇게 정치가들을 욕하다가도 내 삼촌이나 친한 선배나 지인이 금배지라도 달게 되면 벌써 말투가 달라진다. 자신의 이해관계에 영향을 미칠 경우 우리는 분개해 마지않던 '공공의 적'이 순식간에 우리 의원님, 우리 판사님으로 변해 버린다. 이런 이중적인 우리의 의식과 태도 때문에 사실 공론장에서의 시시비비는 늘 명확한 결론이 나기보다 유야무야 꼬리가 사라져 버릴 때가 많다.

외국에 나와 오래 살다 보면 고국에서 들려오는 이런 정쟁의 모습이 때론 멀게 느껴지기도 하고 때론 더 선명하게 느껴지기도 한다. 그러나 내가 이 지면에서 하고 싶은 진정한 이야기는 정치와 정쟁이 마치 같은 아이를 놓고 앞니가 어떻고 어금니가 어떻다는 '옴니암니' 현상과 똑같다고 조롱하기 위해서가 아니다. 싸움에는 나름대로 이유가 있고 양보할 수 없는 어떤 마지노선이 있으니 그리 싸우는 것일 것이며 그 싸움이 자신들의 정치적 명분과 존재이유와 관련된 것일 경우 더욱 양보할 수 없는 것이 될 것이다. 그렇다면 정치에서의 이런 이전투구는 끝내 해결되기 어려운 일일까.

러시아에서 폴란드, 미얀마까지 평생을 전 세계를 누비며 살다 미얀마에 정착한 지 20년이 넘어 가는 나로서는 칠순이 가까이 오자 고국의 모든 것이 소중하고 그리워지기 시작했다. 심지어 어릴 적 양산 서창에 살던 때 친구들과 어울려 "옴니암니" 다투던 모습까지 모두 그리워 혼자 미소를 지을 때가 많다. 그냥 그립기만 한 것이 아니라 마치 나와 한 몸이 되어 기억 속에서 함께 늙어 가고 있다는 생각에 이르렀다. 아! 기억과 몸은 본래 한 몸 안에서의 일이구나! 소중한 우리의 고국에서 벌어지는 정쟁과 싸움들까지 모두 내 기억 내 몸의 일이구나. 너나없이 소중한 것들과의 화해는 어쩜 이 소중한 그리움을 통해 이루어지는 것을 아닐까. 당신이 내일 이 세상을 떠나게 된다면 어떤 싸움인들 그립지 않은 것이 있을까.

○

사회 구성원의 윤리

오늘날 우리가 살아가는 시민 사회는 계약과 계몽으로 프로그램된 집단 시스템이다. 그러나 이미 100년이 다 된 이 낡은 시스템은 현대를 구성하던 갖가지 모더니티를 폐기하고 고도로 분화되고 더 조직화된 포스트모던한 세계를 넘어 불확정성의 세계로 들어섰다.

수많은 미디어의 출현과 비트화된 속도감은 세계를 분초 단위의 동시성 속으로 몰아가고 있다. 페루 마추픽추를 오르다 떨어져 죽은 청년의 이야기나 그린란드 빙하에서 실족한 여성의 이야기가 리얼타임으로 전 세계 안방에 배달된다. '잠들지 않는 지구'에서 24시간 벌어지는 모든 사건 사고가 동일한 속도로 공유된다. 세계는 한없이 분화되고 분화되면서 동시에 빠르게 더 빠르게 하나의 광장을 이룬다. 세계의 이런 동시성과 비동시성은 포스트모던 이후의 현대성을 규정하는 특성이 되었다.

시간과 공간에 대한 실감이 급격한 변화를 겪으면서 사회를 이루며 살아가는 인간의 관계방식도 하루가 다르게 변해 가고 있다. 풍속과 이념의 경계가 사라진 세계 속에서 현대의 주체였던 개인들은 개인의 일상과 이데올로기적인 규범 양쪽의 압력을 견뎌야 한다. 개인이면서 동시에 집단의 말단 구성요소인 시민들은 자신의 개별적 규범을 내면화함으로써 다중적 자아를 이루는 방향으로 이동하고 있다. 시민이란 가능태의 존재들은 한 세기 전의 그 계몽적인 시민이 아니다.

자유와 평등의 원칙이나 다양한 가치관의 상호승인 같은 인식들은 아주 보편적인 것이 되어 반복적으로 거론하는 것 자체가 철 지난 레토릭에 불과한 것이 되어 버렸다. 오타쿠처럼 각각의 동굴에서 주체로서의 독립성은 강화되었지만 시스템화된 규범 또한 촘촘해져 오히려 주체의 절대성이 규범보다 약화되는 현상까지 나타나고 있다.

민주주의 정치체제의 꽃이라 불리는 선거제도는 피할 수도 참여할 수도 없는 딜레마가 되어 버렸다. 유권자 모두의 의사표현을 자유롭게 하기 위해 기술적으로 더 정교해졌지만 유권자들의 선택은 선거가 끝나는 순간 자기 배반을 확인해야 하는 기묘한 도그마에 빠져들게 된다. 선거가 끝나면 술잔 앞에서 "내 손가락을 자르고 싶다"는 비명이 들려온다.

후회할 만큼 결과에 만족할 수 없는 것이 현대의 결과인 셈이다. 첨단 디지털과 선관위의 강력한 감시 시스템이 작동함에도 불구하고 언제부턴가 선거의 주체인 유권자들은 자기 행위의 결과를 수정할 수 있는 기회를 박탈당해 버렸다. 선거로 선택된 정치가는 당선된 뒤 자신의 공약이나 윤리적 가치를 얼마든지 바꿔 가며 행동할 수 있는 데 반해 유권자는 이를 제어할 수도 자신의 선택을 수정할 수도 없는 억울한 상황을 겪게 되는 것이다.

소위 승자독식의 결과가 시스템의 우상 속에 숨어 주체들의 공정한 선택을 비웃게 된 것이다. 민주적인 정치체제라는 시스템적 당위는 그것이 아무리 모순된 결과를 가져온다고 하더라도 지켜져야 할 신성한 것이 되었다. 현대의 정치체제가 선거를 토대로 구축되는 구조인 데 반해 그 구조화 된 시스템 운반자들의 덕성이나 가치관이 진짜인지 전략에 불과한 것인지를 충분히 파악할 만한 시간과 기회가 주어지지는 않는다. 언론과 각종 미디어의 홍수 속에서 정보는 넘쳐나는데 유권자들이 믿을 수 있는 지표는 선거를 위해 '가공된 정보'와 '피상적인 인상'뿐이다. 서바이벌 연애프로그램에서 우승자를 뽑는 것도 아닌데 정치시즌만 되면 우리는 무책임한 미디어 앞에 모여 스크린 앞을 떠나지 못한다. 그래도 믿을 수 있는 것은 그런 정보일 뿐일까?

결국 포스트모던한 현대의 정치체제는 '선거 딜레마'에서 빠져나오지 못한 채 또다시 다음 기회를 기다려야 한다. 일본의 아즈마 히로키는 『동물화하는 포스트모던』에서 미래에 대한 꿈꾸기 즉 한 공동체의 정치적 비전이 사라졌을 때 그 집단 속의 개인은 정치적 무관심을 넘어 극단적인 스노비즘 속으로 빠져들고 만다고 말하고 있다.

선거의 결과로 뽑힌 전직 대통령들은 임기를 전후로 거의 예외 없이 교도소의 담 너머로 사라지거나 스스로 목숨을 끊는 비극적인 광경을 보여 주고 있다. 대통령도 서울시장도 부산시장도 전남지사나 충남지사도 도대체 어디가 끝인지 알 수 없는 정치인의 몰락을 우리는 어떻게 해석해야 할까?

이런 현상은 특별한 그 당사자들만의 특수한 문제일까? 우리는 이제 선거 혹은 현대의 정치체제에 대해 더 다른 상상을 해야 할 지점에 이른 것은 아닌지 치열하게 고민해 보아야 한다. 정치 시스템의 불완전성과 주체의 억압 혹은 타락에도 불구하고 현대인의 생활은 좀 더 편해졌다는 느낌을 갖게 한다. 이것이 진정한 편안함인지 알 수 없지만 이런 현상들은 지배적인 대기업의 상업 광고를 통해 뭔가 나아지는 것만 같은 판타지를 지속적으로 공급하고 있다. 그런데도 우리의 실감은 세계가 더 안전하고 살만한 곳으로 진화하고 있다는 느낌을 갖지 못하고 있다. 집값 즉 거주를 위한 비용은 천문학적으로 치솟아 이를 비난하면서, 이에 편승하지 못한 자신의 무능과 기회 없음을 한탄하게 만든다.

그들이 말하지 않는 23가지*
– 또 다른 아케이드 프로젝트

자유시장이라는 것은 없다

---

* 장하준의 『그들이 말하지 않는 23가지-장하준, 더 나은 자본주의를 말하다』의 목차만을 옮겨 놓았다.

기업은 소유주 이익을 위해 경영되면 안 된다

잘사는 나라에서는 하는 일에 비해 임금을 많이 받는다

인터넷보다 세탁기가 세상을 더 많이 바꿨다

최악을 예상하면 최악의 결과가 나온다

거시 경제의 안정은 세계 경제의 안정으로 이어지지 않았다

자유 시장 정책으로 부자가 된 나라는 거의 없다

자본에도 국적은 있다

우리는 탈산업화 시대에 살고 있는 것이 아니다

미국은 세계에서 가장 잘사는 나라가 아니다

아프리카의 저개발은 숙명이 아니다

정부도 유망주를 고를 수 있다

부자를 더 부자로 만든다고 우리 모두 부자가 되는 것은 아니다

미국 경영자들은 보수를 너무 많이 받는다

가난한 나라 사람들이 부자 나라 사람들보다 기업가 정신이 더 투철하다

우리는 모든 것을 시장에 맡겨도 될 정도로 영리하지 못하다

교육을 더 시킨다고 나라가 더 잘살게 되는 것은 아니다

GM에 좋은 것이 항상 미국에도 좋은 것은 아니다

우리는 여전히 계획 경제 속에서 살고 있다

기회의 균등이 항상 공평한 것은 아니다

큰 정부는 사람들이 변화를 더 쉽게 받아들이도록 만든다

금융시장은 보다 덜 효율적일 필요가 있다

좋은 경제정책을 세우는 데 좋은 경제학자가 필요한 건 아니다

　존재의 양보할 수 없는 근거인 몸과 신체의 일부를 사고파는 반인륜 범죄도 줄어들지 않는다. 사용가치와 교환가치가 뒤바뀐 '화폐시장'도 갈수록 확대되어 갈 뿐이다. 월가와 카나리 워프, 여의도와 도쿄의 주식시장은 여전히 성업 중이다. 인드라망같이 촘촘해진 각종 네트워크와 스마트한 사회관계망을 통해 이루어지는 인터넷 쇼핑은 일상 용품만을 파는 것이 아니라 성 판매와 매수는 물론 유아나 신체 판매에 이르기까지 한계가 없이 확장되어 버렸다. 보호받아야 할 개인의 정보도 시장으로 흘러들어가 사고 팔리는 물건으로 전락해 버린 지 오래다.

　과잉생산으로 파괴되는 생태계와 자원의 고갈과 독점, 극단적인 빈부의 문제로 첨예화된 역내의 폭력, 오직 한방만을 노리는 주식과 비트코인의 범람, 세계는 문명의 위기를 경고하지만 극악한 범죄는 갈수록 늘어만 간다. 결국 이런 지구 차원의 문명 위기가 모두 정치와 정치인의 문제로 귀결된다고 할 수 있을까? 개인들의 도덕과 절제, 공동체의식에 그 딜레마를 떠넘길 수 있을까? 코비드의 창궐은 종말에 다가가는 인류에게 생태계가 던지는 마지막 경고임에 틀림이 없음에도 지구촌의 위기 상황이 크게 달라질 전망은 보이지 않는다.

　가장 큰 딜레마는 정치적, 사회적 규범이 초래한 현대적 병폐를 인류 스스로 치유할 수도 진단할 수도 없다는 데 있다. 그러

한 문제의 원인과 결과를 의외로 많은 사람들이 알고 있으면서도 이를 개인들이 해결할 수 없기 때문이다.

비정치적인 세계적 연대와 각성을 통해 이를 벗어나려는 다양한 시도가 있지만 아직 분명한 대안이 되고 있다는 실감은 없다. 도산 안창호는 일본이 주도하는 대동아 공영권 같은 음험한 발상과 기획이 얼마나 이기적이고 자의적인 패권의식의 발상인지 통렬하게 지적하면서 역사의 주체는 '깨어 있는 다수' 즉 공동체의 구성원인 '국민'이라고 지적한 바 있다. 나의 자유와 권리가 중요하듯이 타인의 자유와 권리도 중요하다는 윤리적 정언은 인간을 인간의 굴레에서 해방하는 가장 기본적인 덕목이 분명하다. 하지만 여기에 이르는 과정의 지난함을 아는 현대인들에게 이러한 윤리적 정언이 실천 가능한 수단이 되기 위해서는 어떻게 해야 하는지 여전히 쉽지 않다. 더구나 이를 국가와 국가, 민족과 민족, 아니 종과 종이 각축을 벌이는 생태계 전체로 확대한다면 이는 지난한 일이 되고 만다. 영국의 사회학자이자 철학자인 테리 이글턴은 기독교적 대안과 사회주의적 대안이 결합된 방안을 이제 실험해 봐야 한다고 주장했지만 어디까지 받아들여지고 있는지 확인할 길이 없다.

상호주의와 협업공동체는 기독교적 이상에 바탕을 두고 있는 것이었지만 개개인의 삶이 타인과 더불어 풍요를 이룰 때만 인간적 가치 실현이 가능해질 수 있다는 믿음은 분명한 윤리적 정언이다. 하지만 어떻게 실현 가능한 것이 될 수 있는지에 대한 방안이 제시된 적은 없다. 오직 인간의 선하고 정의로운 품성에 기댈 수밖에 없다면 이는 정치보다 오히려 종교적인 측면을 강화하는 데서 가능성을 찾을 수밖에 없다. 종교와 철학, 교육과 예술의 총체적 접근만이 사적 개인들이 공동체의 구성원으로서 고양된 삶에 이를 수 있는 실현 가능한 접근이라면 인간과 생태계 전체를 포괄하는 새로운 인문학과 윤리강령이 시급하다고 할 수 있다.

전 세계가 겪고 있는 환경위기와 환경난민 문제는 어린 소녀 툰베리의 호소가 아니더라도 '지금 즉시 행동해야 할' 긴급한 지구적 윤리. 역내의 분쟁과 갈등의 근원에는 대부분 전시대의 콜로니얼리즘(탈식민주의)이 그 기저를 이루고 있다. 총칼로 즉 군사적인 힘의 우위로 역내의 지배력을 강화하는 야만적 행위는 인류를 파멸로 이끄는 일임에도 지구촌의 기득권자들은 강 건너 불구경하듯 이 문제를 외면하고 있다. 존재의 존엄성과 자존이 자기애와 이기주의로 강화되면 그것이 집단적인 국가주의이며 종족 이기주의의 야만이다. 안창호나 테리 이글턴이 끊임없이 생각한 희망의 근거는 역시 인간 그 자체 즉 주체의 각성이라는 평범한 진실이었다. 쇼펜하우어는 "내 영혼의 버팀대가 될 수 있는 것은 나의 의지와 결심이다. 그 사실을 알고 있다면 그는 행운을 안고 있는 사람이다"라고 말했다. 이 한 세기 전의 염세적인 철학자 또한 일견 공허하게 들릴 수 있는 인간에의 가능성을 희망의 근거라고 말하고 있는 셈이다.

○

의인과 악인의 길

성경의 시편 1장 1절을 보면, 행복한 사람은 나쁜 사람들의 꼬임에 빠져 따라가지 않고 죄인들이 가는 길에 함께 서지 않으며 빈정대는 사람들과 함께 자리에 앉지 않는 사람이라고 서술하고 있다.

이 시편의 내용은 언뜻 위로가 되기도 하고 아주 맵고 짠 경고의 느낌을 던져 주기도 한다. 즉 너무나 당연하고 너무나 어려운 문제를 아주 쉽게 의인과 악인으로 나누어 서로 비교하고 있기 때문에 왠지 쉽게 의인의 길에 들어설 수 있겠다는 안도감을 주는 구석이 있다.

하지만 누가 의인과 악인을 구별할 수 있을까? 의인이 옳은가? 악인이 옳은가? 의인과 악인이 대립되는 무수히 많은 스토리와 이야기가 신화의 시대에서부터 역사의 시대를 거쳐 오늘날까지 계속되고 있다. 희랍 비극에서부터 최근에 공연되는 뮤지컬 혹은 일일 드라마까지 이 선악의 프레임 즉 악마와 영웅의 스토리는 사라지지 않는다.

무엇이 선량한 사람을 악하게 만드는가? 선과 악의 본질에 대한 근본적인 의문을 제기하며 인간 본성의 어두운 측면과 악의 근원을 파헤친 사회심리학자 필립 짐바르도는 스탠퍼드 교도소에 수감된 죄수들을 대상으로 실험한 결과 악한 행위란 특정한 사람만이 저지르는 범죄행위가 아니라 선량한 사람도 자신에게 굴종하여 그럴듯한 명분과 상황만 주어진다면 어떠한 나쁜 행동이라도 잔인하게 실행할 수 있었다고 증언한다. 일상의 삶을 윤택하게 해 주던 동기와 욕구가 평범한 사람들을 타락의 길로 이끌 수도 있다.

우리가 미처 그 위력을 감지 못한 상황의 힘에 의해 자극받거나 이성을 잃을 만큼 화가 났을 때 한순간에 파멸하는 경우를 우리는 얼마든지 볼 수 있다. 인간은 누구나 작은 방종과 욕망은 물론 무절제한 식욕과 절대적 충동에 사로잡혀 자신을 잃어버릴 때가 왕왕 있다. 그뿐 아니라 옹이처럼 마음의 한구석에 박혀 버린 집착과 질긴 아집으로 타인과 자신을 막다른 곳으로 몰고 가기도 한다. 교육과 종교 가족과 사회 나아가 국가의 규율을 통해 합리적이면서도 따뜻한 품성을 지닌 인간으로 성장하는 경우도 많지만 오히려 지식과 앎을 통해 더럽혀질 때가 더 많은 걸 확인할 때도 있다. 왜 그러한 결과가 나오는지 이해하기가 쉽지 않다.

성경은 피조물인 인간의 완성을 위해 신이 자유롭게 도덕을 선택할 수 있도록 만들어 놓았다고 말한다. 이브는 뱀의 유혹에도 불구하고 금단의 실과 즉 선악과를 먹지 않을 수도 있었다. 사과를 먹은 것은 이브 자신의 고유한 선택이었다. 신이 이브의 타락을 막기 위해 처음부터 유혹에 흔들리지 않는 완벽한 인간을 창조했다면 어떻게 되었을까? 인간이 AI나 칩이 삽입된 로봇처럼 비주체적인 존재가 되었다면 완벽한 창조가 완성되어 낙원에서 추방당하지 않아도 되었을까? 악과 선의 문제는 개인들에게만 적용되는 것은 아니다. 국가와 국가 간에 기업과 기업 간에 민족과 민족 간에 종교와 종교 간에 모든 집단과 집단 간에 이 문제는 언제나 상시적으로 발생한다. 정치와 외교에는 절대 선도 절대 악도 없다고 말한다.

그러나 나치의 아우슈비츠나 폴포트의 캄보디아 대학살, 스페인 군대가 남미 잉카제국에서 벌인 대학살, 발칸반도에서 수백 년에 걸쳐 반복되는 종족 간 인종 청소 등은 생각만 해도 인간의 근본을 회의하게 만드는 국가폭력이자 악마적 행위들이었다. 우리는 인간에 대한 질문 중 의인과 악인의 선택적 분류보다 인간 자체의 근원에 대해 더 많은 고민을 가져야 한다.

"악의 굴레를 벗어나기 위해 선현의 경륜과 삶의 발자취를 되돌아보고 나라를 위해 목숨을 아끼지 않았던 선조들의 의로운 정신을 본받아 우리의 정체성을 지켜야 한다." 이런 교훈적이고 보편타당한 메시지와 논리가 하나의 수사적인 레토릭에 불과해지는 이유는 그 교훈이 틀린 것이어서가 아니다. 너무나 당연한 것들을 너무나 당연하게 반복하는 것은 그 자체로 '죽은 메시지' 가 되기 때문이다. 모든 가치는 삶의 구체적 디테일 속에서 빛을 발한다. 이순신 장군의 영웅적인 이야기가 영화나 소설이 될 수는 있지만 결코 현실 속의 당위나 규범이 될 수는 없다. 그러므로 선악의 문제는 '당대의 세계'에서 '당대의 언어'로 말해져야 한다.

인간의 선악에 대한 문제는 이제 생명 보편의 문제로 확장되고 있으며 환경과 생태계 자체에 가해지는 약탈적 행위로까지 발전되고 있다. 이는 선악에 대한 새로운 실감을 요구하는 것으로 민족과 국가, 정치와 경제, 문화와 언어 등등 여러 측면에서 새로운 인식을 요구받고 오늘날의 사람들은 선악의 구분 같은 개념적 범주의 판단이나 선택보다 선과 악을 둘러싸고 전개되는 '진행 중인 현상' 그 자체에 주목한다. 자본주의 문명의 현대인들은 겉으로는 대부분 아무 일 없는 것처럼 살아간다.

그러나 그들은 인류가 지금까지 축적해 온 모든 역사와 사건들 그리고 그 사건이나 상징의 역학까지 모두 '알고 있는 존재'들이다. 이제 그들은 한 국가에서 벌어지는 일이 결코 그 나라만의 문제가 아님을 안다. 현대성의 수혜자이자 현대성이 지닌 문제를 알고 있는 그들은 선악의 문제를 비롯한 모든 비인간화의 현상이 특정한 개개인들의 문제가 아니라 인간 혹은 생명 보편의 문제임을 자각하고 있는 사람들이다.

국가가 절대적으로 지켜야 할 선한 가치가 되기 위해서는 그만큼의 진실한 가치가 함께할 때만 가능한 일임을 그들은 자각하고 있는 세대들이다. 그들은 부당한 체제를 수동적으로 받아들이는 것은 자신의 인간적 가치를 훼손하는 자기부정의 문제라고 생각한다. 따라서 그들은 국가 체제를 수호하기 전에 그 체제가 지켜가야 할 만큼 가치 있는 것인지를 확인하고자 한다. 따라서 침묵하거나 행동하지 않는 것은 그 악에 참여하는 것이란 사실을 어떤 세대의 사람들보다 잘 알고 있는 것이다. 이들은 혁명에 대한 환상보다 '자신의 내부에 도사린 파시즘'을 더 아프게 자각한 세대들로 마틴 루터 킹 주니어의 호소를 잊지 않는 사람들이다. 그들은 좋은 마음, 즉 양심이란 서로를 동시성을 지니는 것이라는 것을 아는 세대다. 한쪽만 풍성해지는 선택을 했을 때 그 나머지 반쪽 또한 동시에 고통스러워질 수밖에 없음을 그들은 안다. 그들은 심지어 그 인간들이 만든 체제들까지 그것이 정당한지를 묻는다. 그들은 동시대 전체를 향해 열려 있다. 그들은 그래서 동시대 전체다. 따라서 지금 진행 중인 세계의 선악이 무엇인지를 그들은 묻고 있다.

4부

나의 시
그리고 미얀마

밍글라동 공항에 오시면 꼭
작은 프로펠러 소리 같은
열매들의 노래 들어 보세요
대합실 문밖
왼쪽에서 오른쪽까지 들릴 듯 말 듯
허공을 두드리는 소리
귀 밝고 눈 밝은 이들만 들을 수 있어요

　　—졸시 「냐웅삔」 중에서

○

시는 동시대의
사랑을 쓰는 일

　　시를 쓰기 시작해 네 권의 시집을 출간하는 동안 20년이 지나갔다. 이 시간은 우연찮게도 이곳 미얀마에서 보낸 시간과 거의 일치하기도 한다. '시'와 '미얀마'는 내겐 거의 같은 말이 된 셈이다. 그래서 내 시작 생활은 이곳 미얀마에서 느낀 여러 가지 생각과 유년시절부터 미얀마에 오기 전까지 살아온 한국에서의 체험이 뒤섞여 있다. 등단을 해 막 문단에 발을 내딛자마자 이곳 미얀마로 온 탓에 나는 한국문단에서 좋은 문우들과 교류할 기회를 거의 갖지 못했다. 하지만 '글은 결국 혼자 쓰는 것이다'라는 선배들의 격언을 좌우명 삼아 쉼 없이 작품을 써 왔다. 당연히 미얀마에서 '한국어'를 모국어로 사용하는 동포들이 내 시의 가장 우선하는 독자가 될 수밖에 없었다. 그것은 내게 큰 행운이자 외로움이기도 했다. 행운이라 함은 내가 시에서 자주 쓰는 '세인빤'이니 '엠마웅'이니 '에야와디'니 하는 말들을 이곳 동포들은 자연스럽게 이해하고 공감해 줄 수 있는 데 반해 그런 단어들이 없는 한국에서는 실감을 얻기가 불가능해 쉽게 받아들여질 수 없기 때문이다.

몇 개의 예를 들어 보자. 집게손가락만 한 크기에 반투명한 몸과 둥근 흡반 같은 발가락을 가진 엠마웅이 대표적이다. 엠마웅은 작은 새소리 같은 울음소리를 내며 재빠르게 벽을 타며 이동하다가 모기나 날파리 같은 해충을 순식간에 잡아먹곤 한다. 이런 모습을 한국에서 어찌 상상이나 할까. 가지런하게 두 줄로 푸른 잎사귀를 내어놓는 아카시아 닮은 세인빠 역시 마찬가지다. 한국에서 어릴 때 더러 따먹던 '흰 아카시아 꽃잎'을 떠올려 본 사람이라면 햇살을 듬뿍 받아 빨갛게 타오르는 꽃들이 온 가지에 피어오르는 세인빠의 매혹적인 자태를 어떻게 쉬 떠올릴 수 있겠나. 우기에 장대 같이 쏟아지는 빗줄기며 오랜 습기에 건물마다 잔뜩 피어오르는 시멘트 건물 벽의 검은 물곰팡이까지….

이곳 미얀마에서 매일 눈으로 보고 귀로 듣고 몸으로 느끼는 모든 것들이 한국과는 너무나 다른 것들이었다. 나는 이곳에 처음 와서 밤에 잠을 자다가 깜짝 놀라 깨어날 때가 종종 있었다. 주먹만 한 망고 열매가 양철지붕 위로 떨어지는 소리 때문이었다. 주인 없이 거리를 배회하는 개들이 밤이면 늑대처럼 긴 목청으로 울어 대는 소리도 놀랍기만 했다. 지금은 차가 많아져 다 사라지고 없지만 돼지들이 도심의 아스팔트 위를 가로지르는 풍경도 자주 볼 수 있는 풍경이었다. 해지는 양곤 강가의 노을 또한 한없이 향수를 자극하는 광경이었다. 이런 독특한 풍경들은 내게 무한한 자극과 상상력을 주었고 자연스레 이를 소재로 시를 쓰지 않을 수 없었다. 그러다 보니 하나의 모국어로 두 나라의 풍경과 사물, 사건들을 쓰는 데 따른 딜레마가 생겨났다. 두 개의 서로 다른 현실을 '견디는' 이런 사람들을 '경계인'이라고 부르는데 나 역시 그 말을 어느 정도 인정하지 않을 수 없었다. 양쪽 모두를 자신의 삶으로 사는 행운과 어느 쪽으로부터도 온전히 이해받기 어려운 불행을 동시에 지니고 살아야 하니 당연히 외로울 수밖에. 사실 모든 창작을 하는 사람들에게 '외로움' 혹은 '고독'이란 가시로 만든 면류관이자 창작자들만이 누리는 왕관 같은 것이라고 들었다.

그러나 내가 깊이 고민하는 문제는 그런 창작자의 숙명이라는 '절대고독' 같은 거창한 의미를 지닌 것이 아니다. 진짜 고민은 내가 쓰는 시에 대해 "무슨 말인지 잘 모르겠다"는 말을 들을 때 생겨난 것이다. 좀 더 쉽게, 좀 더 잘 소통할 수 있게 쓸 수는 없을까? 좀 더 잘 소통할 수 있게 동포들과 함께 시를 생각해 보는 것은 어떨까? 마침 미얀마에서 발행되는 한인 잡지들이 그런 글을 써 보면 좋지 않겠느냐고 청탁을 해 와 어렵게 용기를 냈다. 도대체 시란 무엇일까. 우리 말, 우리 글로 쓰여진 것인데 어떤 작품은 왜 쉽게 이해되지 않는 것일까. 시란 특별한 재능을 가진 사람들이 무언가 고매하기 짝이 없는 깊은 깨달음을 쓰는 것이어서 먹고살기에 바쁘고 생활에 쫓기는 현대인들에겐 낯설고 어렵기만 한 것일까. 미리 말씀 드리지만 결코 그런 것은 아니다.

우리나라 근대 서정시를 대표하는 가장 뛰어난 시인이었던 김소월 님의 시 중 우리나라 국민들 대다수가 애송하던 시구 하나를 소개해 보겠다. 「진달래꽃」이라는 시의 한 부분이다.

"나 보기가 역겨워/가실 때에는/말없이 고이 보내 드리오리다/가시는 걸음걸음 놓인 그 꽃을/사뿐히 즈려밟고 가시옵소서"

이 시를 어렵다고 하는 사람은 없다. 다만 이 시에서 왜 내가 싫어서 떠나는 사람에게 욕은 못 해 줄 망정 꽃까지 뿌려 주며 배웅을 해 준다는 것인지 요즘 젊은이들은 정말 이해하기 어려운 일일지도 모른다. 나를 배신하고 떠나는 '님'을 붙잡을 수도 없고 내 곁에 있어 달라고 애원해도 소용없을 것 같은 상황에서 피눈물 나는 내 마음을 천박하지 않게 전달할 수 있는 방법이 있다면 그것은 어떤 방법일까. 김소월은 반어의 역설을 선택한다. 이 시의 결구는 "죽어도 아니 눈물 흘리오리다"로 끝맺음되고 있다. 이 시의 주인공은 버림받은 자신이 못나서 버림받는 것이 아님을 그 역설의 행위 즉 저주와 원망 대신 꽃을 뿌리는 행위를 통해 절절한 아름다움으로 승화시켜 버린 것이다. 버림받은 여인이 뿌리는 꽃은 두 사람이 서로 사랑했을 때 쌓아 간 아름답고 소중한 기억을 뜻하는 것일 수도 있다. 비록 마음이 떠나 이별할 수밖에 없다고 하더라도 아름다웠던 기억마저 아무것도 아닌 것으로 만들 수는 없다는 뜻이었겠지. 이렇듯 시를 음악을 듣듯 천천히 음미하다 보면 시는 의외의 재미를 준다. 물론 김소월은 "두만강 푸른 물에/노 젓는 뱃사공" 같은 유행가가 불리던 시대에 쓰여진 시이기 때문에 요즘 정서로 보자면 너무 먼 옛이야기처럼 들릴 수 있다.

숨 가쁘게 빠른 비트와 '총 맞은 듯이 아프다'고 직설적으로 실연의 고통을 노래하는 현대의 젊은이들에게 그런 모럴은 가당찮은 것일지 모른다. 하지만 이 예를 통해 한 가지 말하고자 하는 것은 시는 본래 노래처럼 부르는 사람의 창법과 음색, 목소리의 톤에 따라 전혀 의미가 달라지기도 한다는 것이다. 요즘 젊은이들에게 유행하는 랩도 '라임'이 있느냐 없느냐에 따라 평가가 달라지는 것을 보면서 시의 운율과 참 비슷하다는 생각이 들기도 했다. 짧은 한 편의 시를 감상하는 데 제법 많은 측면이 있다는 것을 고려한다면 시에 더 가까이 갈 수 있다. 그런가 하면 시가 이별과 슬픔, 꽃과 구름 같은 자연의 서정만을 다루는 것은 아니다. 현대 시가 다루는 영역은 자연과 사물은 물론 역사와 정치 사회 문화 경제 등 우리 삶과 관계 맺는 거의 전 영역을 다룬다고 보면 틀림이 없다. 우리의 삶이 마주한 여러 측면이 언제나 하나의 상황 속에 녹아 있듯 시 또한 그렇다. 단지 그 다양한 소재와 주제들을 우리 일상생활의 '생생한 현장'에서 찾는다는 것이 다를 뿐이다. 삶은 우리가 직접 체험한 경험 속에서만 신성해진다는 철학자들의 말처럼 시는 내가 겪은 '구체적인 찰나의 순간'을 통해 쓰는 것이다. 물론 그 체험 중에는 내가 관계 맺은 사람과 사물뿐만 아니라 어떤 깨달음과 명상의 순간 등도 포함된다. 다시 말하자면 사과라는 개념을 통해 사과를 노래하는 것이 아니라 내가 직접 만지고 먹어 보고 그 빛깔과 향기를 코로 몸 전체로 느껴본 그 실감을 통해 쓴다는 것이다. 사과를 먹을 때 함께한 누군가의 눈빛이나 입술 역시 시적 대상이 될 수 있다.

한창 각광받는 젊은 시인 중 한 사람인 황병승은 「여장 남자 시코쿠」라는 시를 발표한 바 있다. 시코쿠는 남자인데 여자로 변장을 하고 술집에서 호스티스로 일하는 청년이다. 하고많은 사람 중에 왜 하필 그런 인물을 시에 등장시켰을까. 건전하게 알바를 하는 사람들도 많은데 말이다. 그런데도 여장 남자를 등장시킨 것은 그런 인물들이 우리 시대가 앓고 있는 모순을 극명하게 드러내는 데 더 적절하기 때문이다. 희랍 비극 오이디푸스 왕에 대한 이야기를 모르는 사람은 별로 없다. 프로이드의 정신분석학에 단골로 등장하는 오이디푸스 콤플렉스가 바로 이 비극에서 비롯되었다는 것을 모르는 사람도 별로 없다. 왕이나 영웅이 몰락하는 이야기가 평범한 사람의 몰락보다 더 큰 반향을 일으키듯이 무언가 특별해 보이는 직업을 가진 사람의 이야기가 더 극적으로 다가올 것이다. 오늘의 한국 젊은이들이 앓고 있는 '실업'의 고통을 더 잘 전달할 수 있을 것이다. 물론 이런 직업을 가진 인물을 주의 깊게 들여다본 시인의 통찰력이 돋보이는 재능이기도 하다.

황병승 시인이 이 인물을 통해 말하려고 하는 것은 한국의 젊은이들이 처해 있는 절박한 현실이다. 한국의 한 젊은이가 돈을 벌기 위해 여장을 하고 일본인 시코쿠라는 가짜 이름을 만들어 겨우 술집에 취직해 살아가는 기막힌 현실을 보여 줌으로써 오늘의 N4 세대가 맞이하고 있는 절망을 노래하고 있는 것이다. 그는 「춤추는 언니들 춤출 수밖에」라는 시를 통해서도 비슷한 문제의식을 보여준다. 체대나 무용과를 졸업한 '젊은 언니'들 역시 취직할 곳이 없어 신장개업하는 갈빗집이나 체인점 앞에서 종아리가 다 드러나는 유니폼을 입고 출렁이는 긴 팔과 긴 다리를 가진 튜브 인형과 온종일 춤을 추며 알바를 하는 현실을 포착해 보여 준다. 이 또한 일자리가 없어 그렇게라도 해야 먹고살 수 있는 젊은이들의 현실을 고발하고 있다. 황병승 시인은 자기 세대가 처해 있는 현실을 외면하지 않고 똑바로 직시함으로써 많은 젊은 독자들의 사랑을 받고 있는 것이다. 그렇다면 그가 쓴 이런 시가 쉬운 시일까. 여장 남자 시코쿠나 춤추는 언니들은 또래의 보통 젊은이들에게 보편적으로 받아들여질 만한 인물들이 아닌 만큼 그들의 애환이 그리 쉽게 이해되기는 어렵다. 그러나 일자리가 없어 백수로 살아가는 많은 젊은이들은 이 시들을 통해 자기 세대가 직면한 문제를 충분히 공감할 수 있다.

○
시는, 나와 세계를 향한 연애편지다

     여러분 중 혹 〈시라노〉라는 영화를 본 사람들이 있을지도 모르겠다. 이 프랑스 영화는 헐리우드에서 〈록산느〉라는 제목으로 다시 리메이크될 정도로 인기가 높은 작품이었다. 그러고 보니 한국 명동에 있는 연극 전용 극장에서도 장기간 공연이 이루어지기도 했다. 아무튼 이 시라노란 영화는 한마디로 시라노라는 인물이 죽을 때까지 사촌 누이동생인 록산느를 짝사랑하는 이야기이다. 하지만 록산느는 젊고 잘생긴 젊은 기사를 사랑한다. 시라노는 머리는 텅 비어 있지만 뛰어난 외모를 지닌 록산느의 애인을 위해 대신 편지를 써준다. 록산느가 받은 모든 편지는 사실은 시라노의 진심이 담긴 절절한 사랑의 편지였다. 록산느는 더욱 그 청년을 사랑한다. 그렇지만 시라노와 함께 전쟁에 참여했던 젊은 청년은 그곳에서 전사하고 만다. 꽤 긴 시간이 흐른 뒤 록산느는 우연히 그 편지들이 청년이 쓴 것이 아니라 시라노가 쓴 것임을 알게 된다.

프랑스 정계의 거물이 된 시라노는 세월을 건너뛰어 드디어 파리 근교의 뱅센느 숲에서 록산느를 만나기로 한다. 그러나 신은 이 둘의 만남을 허락하지 않는다. 록산느가 기다리는 숲에 다 와 가던 시라노는 정적이 보낸 암살자에 의해 살해되고 만다. 죽어 가는 시라노는 비틀거리며 외친다. 자신의 기구한 사랑에 대해. "신이시여 내게서 목숨을 빼앗아 갈 수는 있습니다. 사랑도 빼앗아 갈 수 있습니다. 그러나 내 허영만은 결코 빼앗아 갈 수 없습니다!" 시라노가 외친 '허영'이란 이루어질 수 없는 사랑을 지키려는 바보 같은 자신의 마음을 말하는 것이다. 시인들은 이를 에로스적 충동이라고 말한다. 그 반대로 완벽한 감정의 소멸과 죽음에 관해서도 노래하는 현대 시가 많은데 이를 타나토스의 충동이라 부르기도 한다. 이는 기회가 되면 더 자세히 말할 수 있는 자리를 만들어 보겠다. 어쨌든 이룰 수 없다고 하더라도 죽을 때까지 그 고귀한 사랑의 꿈을 버리지 않는 것은 전적으로 자신의 존엄성에 귀결되는 것이기에 시라노는 포기할 수 없었던 것이다.

때로 시인들의 사랑은 이와 비슷하다. 그것이 이룰 수 없는 이상이라 하더라도 아름답고 가치 있는 것이라면 포기하지 않는다. 더구나 사람을 사랑하는 꿈을 포기한다면 그는 더 이상 시인일 수 없다. 칠레 대통령 후보이기도 했으며 노벨상을 수상하기도 했던 파블로 네루다는 조국 칠레를 '허리가 긴 여인'에 비유하며 평생 동안 사랑의 시를 썼다. 자신이 태어나고 자란 조국이나 그 땅에서 살아가는 민초들을 여인에 비유해 사랑의 시를 쓰는 이들은 많다. 여러분들이 교과서에서 배운 「님의 침묵」의 시인 한용운 님 역시 마찬가지이다. 그가 사랑하는 간절한 마음을 노래한 '님'은 일제 치하에서 신음하는 조국의 백성들이었으며 승려였던 자신이 가닿고자 했던 부처이기도 했다. 거기에 실제로 한용운이 사랑했던 여인이 포함될 수도 있다. 시란 언제나 이렇게 폭넓게 해석될 수 있도록 상징되고 비유되고 함축된다. 그래서 때론 알 듯 모를 듯 애매한 부분이 생겨나기도 한다. 이때의 모호함이란 '아직 언어로 확정되지 않은 미지의 어떤 부분'을 말한다. 푸른 초원의 아스라한 능선에 나무 한 그루가 서 있는 모습을 떠올려 보라. 그 공간에서 나무와 초원만 있고 그 넓은 텅 빈 공간이 없다면 그 풍경은 완성되지 않을 것이다. 시에서 피할 수 없는 모호함이란 나무의 배경이 되어 주는 그 공간과 같다. 그래서 시를 읽을 때 나무와 초원만 보지 말고 그 공간도 함께 보아야 한다. 이 공간이란 때론 역사일 수도 있으며 진, 선, 미, 성 같은 것일 수도 있다. 따라서 그것은 어려운 것이 아니라 하나의 즐거움의 통로가 되기도 한다.

프랑스의 대표적인 현대 철학자이자 현상학의 대가로 불리던 들뢰즈는 "우리가 행동하는 모든 순간의 움직임(사건)은 다 말해질 수 없다"고 주장한다. 이런 '미세한 사건(움직임)'이 '언어'와 만나는 순간 그 경계면에 비로소 '의미'가 탄생한다는 것이다. 탁자에서 커피잔을 들어 올리는 순간 누군가가 "커피 드세요?" 하고 묻는다면 그 순간에 "커피를 마신다"는 의미가 발생하는 것이다. 그러나 시의 언어와 의미는 여기서 한발 더 나아간다. 커피를 마시는 장소는 물론 그곳의 분위기(아우라)까지 그 향기와 느낌까지 모두 드러낼 수 있는 언어를 찾는다. 적당한 언어가 없다면 비유나 상징을 통해서라도 그 순간을 완성하고자 한다. 흔히 커피 광고에 자주 등장하는 '악마보다 검고 죽음보다 깊은' 같은 광고 문구는 커피의 맛과 모습을 비유를 통해 말하는 것이다. 앞선 사례에서 말했듯이 시는 아름답고 추한 것, 옳고 그른 것, 선하고 악한 것 모두를 다루는 것이기 때문에 때론 위험해질 수도 있다. 시인 김지하 선생이나 고은 선생, 김남주나 박노해 시인 등 한국의 꽤 많은 시인들은 가난하거나 힘이 없는 사람들이 고통받는 부당한 현실을 풍자하거나 고발하는 시를 쓰다 감옥에 투옥되거나 고문을 받기도 했다. 때론 시인들은 막강한 권력을 가진 사람들을 향해 목숨을 걸고 바른말을 하는 존재들이기도 한 것이다. 왜 그런 희생을 감수하면서까지 시를 쓰는 것일까. 그것은 바로 사람과 세상에 대한 '사랑' 때문이다. 시인들은 아름다움을 사랑한다.

이 말은 꼭 시각적인 것을 말하는 것은 아니다. 아름다운 사람이라 해서 브래드 피트나 수지 같은 배우들을 말하는 것은 아니라는 것이다. 말없이 삶의 현장에서 묵묵히 자신에게 주어진 일을 하는 사람들, 어두운 탄광에서 불을 캐는 사람들의 검은 얼굴이나 바다에서 고기를 건져 올리는 어부들의 땀방울, 타는 듯 뜨거운 논밭에 엎드려 곡식을 기르는 농부들, 어느 하나 아름답지 않은 사람들은 없다. 지난 3월 초 양곤 술레 파고다 옆 공원에서 사진전이 열렸다. 프랑스 사진작가들이 전통 복장을 입은 미얀마 소수부족들을 찍은 수십 점의 사진을 공원 펜스에 전시하고 있었다.

미얀마의 오지에서 살아가는 농부와 어부와 광부, 심지어 총을 든 군인들까지 다양한 인물들이 양곤 한복판에 등장한 것이다. 물론 사진 속에서 말이다. 그들의 얼굴에 아로새겨진 깊은 주름과 검게 탄 피부 그리고 전통의상의 화려한 색감까지 유럽의 어느 유명 광장에서 만난 사람들보다 더 아름다웠다. 그 이유는 그들이 바로 내가 말하는 아름다운 사람들이자 이 세상의 진정한 주인들이기 때문이다. 시는 이런 사람들이 느끼는 슬픔과 기쁨, 고통과 환희에 가까이 서 있다. 그들이 부당하게 대접받는 것을 곧 아름다움이 파괴되는 것이기에 시인들은 참을 수 없는 분노를 느끼곤 한다. 진정한 시인들은 그런 사람들을 사랑하지만 그렇다고 그들이 시인을 사랑하지는 않는다. 그들은 시인들이 자신을 사랑하는지도 모른다. 그들이 사랑하는 이는 그들의 곁에 있는 부모 형제나 애인들이다. 결론적으로 말하자면 시인들은 그들이 사랑하는 삶을 위해 대신 연애편지를 써 주는 자들이란 말이다. 그런 바보 같은 외사랑을 천직으로 선택한 사람들이 시인인 것이다.

시인 혹은 예술가의 성공은 유명한 작가가 되어 명성을 누리거나 베스트셀러 작가가 되어 돈을 많이 버는 그런 것이 아니다. 자신의 마음속에 세상을 '사랑'하는 마음이 사라지지 않은 자만이 성공한 시인이요 예술가가 되는 것이다. 시인 김수영 선생은 이런 민초(民草)들에 대한 사랑을 「풀」이란 시로 노래했다. 풀들은 자연 속 어디에서 만나는 가장 흔한 식물로서 보통의 평범한 사람들을 상징한다. 그래서 백성들을 풀에 비유한 민초라는 말을 쓰는 것이다. 김수영 님은 "풀은 바람보다 먼저 눕고 바람보다 먼저 일어선다"고 했다. 민초들은 지혜로워서 바람이 불면 먼저 알아채고 부드러운 몸을 눕히지만 바람에 굴하지 않고 곧 몸을 일으켜 세운다. 그래서 민주주의 역사는 '민(民)' 즉 백성이 주인인 세상을 말하는 것이다.

김수영은 그런 풀들은 밟으면 밟을수록 퍼렇게 살아 일어난다고 노래한다. 그는 민초들에 대한 한없는 신뢰와 애정을 풀을 빌어 노래한 것이다. 그래서 이 시는 한국 현대 시의 가장 뛰어난 작품 중에 하나로 꼽히기도 한다. 나 역시 두 번째 시집을 출간할 무렵 풀을 소재로 짧은 시 한 편을 쓴 적이 있다. 「풀들은 죽음의 높이를 안다」는 시다. 이 시를 쓸 무렵 나는 심하게 폐를 앓느라 거의 죽음에 이르러 있었다. 자연히 많은 것을 내려놓고 깊은 생각에 빠져들곤 했다. 그러다 문득 길가에 핀 키 작은 풀들이 눈에 들어왔다. 풀들은 불과 얼마 되지 않는 시간을 살다 죽지만 거듭거듭 다시 태어나 이윽고 풀밭을 이룬다. 나는 그 순간 수없이 많은 죽음을 거치면서 끈질긴 생명력을 이어 가는 이 하찮은 풀들이야말로 진정으로 죽음의 그 끝 모를 높이를 아는 존재들이란 생각이 들었다. 비로소 나는 내가 직면한 죽음의 공포로부터 해방될 수 있었다. 풀들처럼 죽음 역시 자연스러운 삶의 한 과정으로 받아들여야 한다는 것을 깨닫게 된 것이다. 놀랍게도 마음이 편안해지면서 몸이 회복되기 시작했다. 나는 시가 자기 구원의 양식이기도 하다는 말을 그때서야 새삼스레 인정하게 되었다.

○

꿈과 분노

안도현 시인의 유명한 시 중에 「연탄재」라는 작품이 있다. 그는 시 속에서 "너는 누구를 위해 정말로 뜨거워 본 적이 있느냐"고 물었다. 추위에 떠는 사람을 위해 온몸을 하얗게 태우는 연탄 그리고 마침내 길가에 쓰레기로 나앉는 연탄의 속성을 노래한 그는 "함부로 연탄재를 차지 말라"고 외쳤다. 소중한 것을 위해 사랑과 헌신을 다한 존재들에게 존경 대신 질시와 비아냥을 일삼는 세태를 꾸짖는 시인의 정신은 많은 사람을 감동시켰다. 그렇다. 사랑과 헌신, 질시와 분노와 미움은 사실 동전의 앞뒤 면처럼 매우 가까운 곳에 겹쳐져 있기 쉽다. 절망의 골이 깊을수록 희망을 향한 열정의 높이가 높은 것처럼 우리의 꿈과 분노 역시 비슷한 역학을 그릴 때가 많다.

21세기의 자유민주주의라는 단어는 개념이라기보다 오히려 일상생활의 도덕적 규범에 가까웠다. 물론 마르크스나 엥겔스가 공산주의 이데올로기를 체계화하기 위해 반대 개념으로 사용하던 일백 년 전의 개념과는 많이 달라졌다. 실존주의자로 불리는 사르트르는 현실을 변화시키는 힘으로는 사회주의를, 철학과 예술을 논할 때는 현상학을 자신의 인식 도구로 사용했다. 그래서 집단과 체제 무엇보다 인간 그 자체를 변화시킬 수 있다고 믿는 사르트르의 이같이 무책임한 인식을 까뮈는 강력하게 비판했다. 『이방인』의 저자 까뮈는 일상의 매 순간 천변만화하는 인간의 감정과 태도가 얼마나 비논리적이고 통제 불가능한 것인지를 『이방인』을 통해 잘 보여 주었다.

"왜 살인했느냐?"고 묻는 준엄한 물음에 소설의 주인공 뫼르소는 "햇빛 때문에!"라고 답했다.

참으로 어처구니없는 대답이었지만 인간이란 이렇게 불완전하고 스스로도 이해할 수 없는 충동을 지니는 존재라는 것을 까뮈는 정확히 꿰뚫고 있었던 셈이다. 하지만 마르크스도 까뮈도 사르트르도 그 어떤 철학과 인간도 빠르게 변화하는 현실의 변화를 감당하지 못하고 인문학의 최전선에서 사라져 갔다.

그렇다면 이렇게 격동하는 21세기의 현실을 감당하기 위해서 아직도 우리를 감싸고 있는 자유민주주의는 어떻게 변화해 가야 할까. 수많은 이해와 관계가 겹쳐지고 겹쳐지는 세계 속에서 우리 개인들은 어떻게 자신을 당당하게 세워 갈 수 있을까. 매일 아침 태양은 또 새로 떠오르는데 철학자도 현자도 수도자도 아닌 평범한 우리들은 어떻게 이 새로운 태양을 맞이해야 할까.

꿈을 포기하도록 강요하는 사회가 주는 의미는 그 속에 또 다른 생각과 가능성의 관점을 숨기고 있다. 문익환 목사는 「꿈을 비는 마음」이란 시에서 '벽은 곧 문이다'라고 썼다. 내 꿈을 가로막고 방해할 뿐만 아니라 나를 분노하게 하는 곤혹과 딜레마를 그는 새로운 가능성을 창출할 수 있는 통로로 인식했다.

바로 곤혹과 딜레마에 봉착한 지금 여기 바로 그 자리에 답이 있다고 그는 말하고 있다. 서로의 이해가 엇갈릴 때, 서로의 감정이 맞부딪칠 때, 아무 이유 없이도 상대가 미워지고 거부감이 들 때, 아! 나는 나를 어찌해야 하는가. 안 보고 미워하고 욕하면 그만일까. 이래도 저래도 분노와 스트레스는 사라지지 않는다. 『이방인』의 소위 묻지마 살인은 희망이자 좌절이기도 하다. 사람은 꽃과 같은 향기로운 존재이기도 하지만 언제라도 악취를 뿜어내는 존재로 변할 수도 있는 존재다. 사랑과 헌신과 너그러움을 가진 존재인가 하면 순식간에 분노에 사로잡혀 악마로 변하기도 하는 존재이기도 한 것이다. 특별한 사람만이 그런 것이 아니라 평범한 보통 사람 누구도 충동과 절제라는 인간적 한계로부터 자유로울 수 없다. 그래서 절대적으로 선한 사람도 절대적으로 악한 사람도 없다고 말한다. 사람 또한 자연의 한 부분인 한 '천지는 불인하다'는 경구의 적용 대상이라 할 수 있다. 천지는 그 자체로 인자하지도 그렇다고 항상 악마적이지도 않다는 것이 유교적 도학의 결론이다.

분노와 절망은 달릴수록 커진다. 가속에 가속을 받은 분노는 결국 자신을 잡아먹고서야 끝이 난다. 분노를 상대에게 폭발시키지 않고 참아도 마찬가지다. 스트레스는 자신의 내부를 파먹고 마침내 죽음에 이르게 한다.

　도대체 어떻게 해야 고도로 체계화된 사회적 스트레스와 개인과 개인들이 맞부딪치는 이 세계의 갈등으로부터 자유로워질 수 있을까. 무조건 양보하고 이해하고 참으면 되는 것이 아님을 우리는 너무도 잘 안다. 스트레스가 쌓일수록 성내기가 쉽다. 시시콜콜한 일상에서도 분노하는 습성을 버려야 한다. 현명한 분노는 가치를 창출해 내지만 말이다. 우리의 삶이 바빠질수록 분노는 더해진다. 압박과 자존심, 무시 등 누군가로부터 압도당할 때 분노를 이기는 방법은 스트레스를 줄이는 것이다. 나는 일을 서두름으로써 역효과를 본 적이 한두 번이 아니다. 역효과에서 쌓이는 스트레스는 반드시 분노로 이어진다.

　우리 민족은 언제부터인가 '빨리빨리'라는 문화 속에 삼투되어 스트레스를 분노로 이어가는 병에 익숙해져 버렸다. 우리말 '화병'은 영어로도 'Haw-byung'이다. 화를 잘 내고 스트레스를 잘 받는 한국인들의 부끄러운 특질을 잘 드러내는 사례로 꼽힌다. 스트레스는 자신이 안고 소화시키는 것이므로 나무들처럼 천천히 조용히 마음속의 보따리를 풀어야 한다. 과도한 기대나 거절할 때 거절할 수 없을 때 역시 스트레스를 부르게 된다. 무엇보다 내가 나의 정직하지 못한 점이나 실수를 인정하지 못할 때도 스트레스가 된다.

　결국 나는 나만의 분노 조절과 스트레스 해소법을 찾을 수밖에 없다. 잘되지는 않지만 우선 가능하면 나를 내세우지 않으려고 노력한다. 진심으로 나를 내세우지 않기란 세속의 삶에 익숙한 인간에게 얼마나 어려운 것인지 나는 나를 통해 확인하곤 한다.

그래서 또 한 가지 준비한 처방이 웃음이다. 베르그송은 웃음은 말도 의미도 아닌 '그 무엇'이라고 했다. 그는 이 웃음을 중요한 철학적 테마로 삼은 사람이다. 그는 찰나와 찰나를 관통하는 인간의 불안정한 감정과 정서를 조율하는데 웃음보다 더한 것은 없다고 진단했다. 정치적으로 사회적으로 경제적으로 수없이 겹치고 겹쳐지며 살아가는 현대인들의 가슴 속에서 순간순간 솟구쳐 오르는 분노와 자존심 상하는 아픔을 한방에 날려 버리고 마음의 국면을 되돌려 놓을 수 있는 최상의 방법은 바로 웃음이 아닐까 싶다. 웃음은 해학처럼 상황을 무화시키는 힘이 있다. 모두가 가슴에 향기로운 저만의 꿈을 키우는 당신들에게 빨간 싹구빤* 한 송이와 웃음을 선물하고 싶다.

---

* 싹구빤: 10월에서 1월까지 붉고 노랗게 피는 꽃으로 장미꽃과 같이 아름답다.

○

절뚝거리며 철학하기

　　인간의 가장 오래된 질문은 '나는 누구인가?'라는 질문이다. 하지만 21세기에 이르러 이런 질문을 하는 철학자는 없다. 누군가 이런 질문을 한다면 그 질문자는 바보 취급을 받거나 4차원 인간이라는 놀림감이 되기 쉽다. 왜 그럴까? 나는 질문이 필요 없는 '지금 이곳'의 '당연한 존재'이기 때문이다. 질문자이면서 동시에 답변을 해야 하는 존재로서의 존재 질문은 그러나 그렇게 쉽게 끝나지 않는다. 우리는 여전히 '나'는 '누구인가?'를 끝없이 증명하거나 답해야 하기 때문이다. 수많은 공항 검색대를 통과해 보지만 여권과 주민등록상의 명시적 기록을 제출하지 않으면 안 된다는 것을 깨닫게 된다.

　　밍글라동 공항에 오시면 꼭
　　작은 프로펠러 소리 같은
　　열매들의 노래 들어 보세요
　　대합실 문밖

왼쪽에서 오른쪽까지 들릴 듯 말 듯

허공을 두드리는 소리

귀 밝고 눈 밝은 이들만 들을 수 있어요

저녁이면 냐웅삔[*] 잎사귀

푸른 목폴라 속에 숨어 속삭이는

작은 새들이

조그마한 잠을 부르는 소리

저녁이 불러 모은 나뭇잎 등 뒤

짧은 날개 하나씩 살살 잠재우는 새들의 집

키 큰 냐웅삔

사람 좋아해서

사람 곁에 있는

시끄러운 부리

미얀마 작은 텃새들

먼 곳에서 오는 이들

안녕을 물어요

---

* 보통의 보리수보다 잎이 둥글고 아름답게 자란다.

멀떠구니 차면 그날로 제 몸을 완성하는
자그마한 하나님

밍글라동에 오시면 비행기보다
먼저 새 열매 노래를 들으세요

―졸시「냐웅삔」

　나를 이루는 육체와 정신 모두가 바로 '지금 이곳'에 서 있는
데도 나를 증명하기 위해 나이와 국적, 주소, 직업, 여행 목적 등
을 입증해야 한다. 이럴 때 나란 아니 내 실체란 '기록된 무엇'이
어야 한다. 그것이 일치하지 않으면 나는 나이더라도 나로 인정
받거나 승인받을 수 없다. 취직을 하거나 입학을 하려고 할 때도
여지없이 존재증명의 절차는 어김없이 등장한다. 자기소개서는
생략할 수 없는 통과의례가 된 것이다.

　그러나 이런 방식의 존재증명은 근원적인 함정을 갖고 있다.
그것은 '감춰져 있는 나', '드러내고 싶지 않은 나', '밝히면 오히
려 불리한 나'를 포함시킬 수 없기 때문이다. 나의 감정이나 심리
적 딜레마를 왜 누군가에게 까발려야 한단 말인가. 그러한 사적
영역의 비밀까지 밝히라고 요구하면 반드시 인격 모독이나 프라
이버시 침해라는 문제에 직면하게 된다.

　인간은 스스로 나임을 입증하거나 밝히기 어려운 근원적 '허
구'를 지니고 있는 존재일 수밖에 없다. 인간은 끊임없이 나는 누

구인가? 라는 내면의 요구를 자신에게 부과하면서 내가 누구인가를 완전히 밝힐 수 없는 모순된 존재인 것이다.

칸트는 '나는 누구인가'라는 존재 물음은 결국 '나는 참'인가를 묻는 것으로 귀결될 수밖에 없다고 말한다. 나는 진실된 사람인가 거짓된 사람인가? 나는 선한 사람인가 악한 사람인가? 나는 아름다운 사람인가 추한 사람인가? 진선미에 대한 고전적 카테고리를 제시했던 이 철학자를 소환하는 이유는 그가 존재 물음에 대한 최소한의 범주를 제시한 철학자이기 때문이다.

철학이란 이성을 토대로 전개되는 논리와 합리, 즉 법과 선악을 구분하는 도덕, 그리고 개개의 감정과 감각 취향을 토대로 결정되는 미추 즉 예술의 범주를 사고하고 질문하는 것을 말한다. 이런 요소들은 우리의 일상생활 속에서 매일 매 순간 벌어지는 인간 활동의 거의 모든 영역에 작동하는 문제들이다. 개똥철학이든 고차원의 형이상학이든 종교적인 깨달음이나 실천까지도 그것이 사고 즉 생각의 결과인 한 칸트의 이 카테고리와 관련된다고 해도 크게 틀리지 않는다.

결국 철학을 하고 산다는 것은 엄청나게 고매하고 유식한 무엇을 하는 것이 아니라 그냥 살면서 내가 참인가 거짓인가, 내가 선한가 악한가, 나는 아름다운가 그렇지 못한가를 묻는 것이다. 질문은 그 자체로 자기 확인의 실천이면서 도덕이고 타자와의 건강한 관계를 고민하게 하는 매우 인간적인 행위다. 자전거를 타거나 커피를 마시듯이 친구나 애인에게 음악을 선물하거나 넘어진 이웃 아이를 일으켜 주듯이 아침에 일어나 면도하고 세수한 뒤 셔츠와 어울리는 넥타이를 고르듯이 인간의 모든 일상적 행위는 철학적 사고와 판단의 결과라 할 수 있다.

그렇다면 굳이 철학을 주제로 특화된 이야기를 할 필요가 무엇인가, 라고 물을 수 있다. 존재는 인식하고 이해하기 전에 이미 거기 혹은 지금 이곳에 '있는' 존재인데 철학도 비슷하다면 왜 그것을 문제시해야 되는지 생각해 보아야 하는 것이다. 수도 파이프를 통과하는 물은 파이프를 의식하지 않는다. 그러나 그 파이프가 없다면 물은 내 싱크대까지 도달하지 않는다.

형식과 내용, 겉과 속, 안과 밖의 동시성과 비동시성은 수많은 철학과 예술의 유파를 생성시켜 왔다. 그만큼 다양한 해석과 이야기가 가능하다는 뜻이기도 하다. 질문은 질문하는 일 자체로 완성되는 가장 근원적인 철학적 방법이다.

시인 김춘수는 "꽃 너는 내가 꽃이라 불러줬을 때 비로소 나에게 와서 꽃이 되었다"라고 노래했다. '불러주었을 때'란 곧 존재가 발현된 순간을 말한다. 이 말을 '너는 무엇인가?'라고 물었을 때 즉 질문했을 때로 바꿔도 하등 이상하지 않다. 언어는 입 밖으로 발화되든, 내면의 소리로 존재하든 인식하는 주체인 나에 의해 어떤 것에 가닿았을 때 이미 존재하는 것으로서 지시성과 주술성을 갖는다. 성경의 첫 구절은 말한다. "있으라 하메 있었다"라고.

정치, 경제, 사법, 언론, 공무원들까지 작금의 현실은 객관성과 정직성 대신 거짓이 거짓을 덮고 덮어 어느덧 대지가 되어 버렸다. 진실과 거짓을 둘러싼 논란은 대부분 거짓 보물찾기처럼 거짓에서 거짓을 찾는 딜레마에 빠져 버렸다.

이를 주조하는 것은 자본이지만 그것을 가능하게 하는 도구는 스티브 잡스의 스마트 기기이며 머독의 미디어이고 유튜브나 사회관계망 등이다. 인류는 하루에 120억 장이 넘는 셀카를 찍는다고 한다. 가히 폭발적인 정보 생산과 전달 속도가 인간들을 반세기 전과는 전혀 다른 세상으로 이끌어 간다. 우리는 이런 가상현실과 가상현실이 중첩된 세계 안에서 생물학적인 한계를 지닌 육체로 존재 물음을 이어 가는 존재다.

모든 존재 물음 즉 철학하기에는 참이냐 거짓이냐는 자기 결정의 선택이 가로놓여 있는데 이는 곧 '무엇이 더 가치 있는 것인가'로 이어져 있다. 소위 가치를 향한 역동 혹은 지향이 그것이다. 오직 인간만이 이 가치 지향의 초월적 지향을 존재 이유로 삼는 종이다.

이타성 또한 이기적인 유전자의 전략 중의 하나라고 말하는 영국의 리처드 도킨스 같은 사람도 있지만 '가치를 향해'라고 하는 말 거기에는 언어 범주를 넘어서는 무엇이 있다.

존재가 이행되면서 발생하는 에너지 즉 열정과 신념, 집중과 초월이 함께 작동해 이루는 특별함이 거기 존재한다. 독일의 슬픈 유대인 초상 중의 하나인 발터 벤야민은 이를 아우라라 했다. 이 아우라는 예술가의 전유물이 아니다.

옳은 것이 아름답지 않거나 선한 것이 아름답지 않으면 그것은 아우라가 없는 것이다. 아무도 진심으로 감동하거나 설득당하지 않는다. 정치나 혁명이 늘 실패하는 지점이 이곳이다. 당신은 머리가 좋고 똑똑하지만 당신만의 진실한 언어가 없다. 그것이 없으면 존재는 거짓이기 쉽다. 오늘의 한국 사회는 바로 이렇게 절뚝거리는 철학하기, 즉 질문하기의 촌스러움을 사랑할 줄 알아야 한다. 그것이 나의 철학하기다. 그러나 존재 물음의 근원 즉 정말로 큰 질문은 언제나 왜? 라는 질문 속에 있음을 잊지 말아야 한다.

○

주어진 자질에
상상력 대입하기

오늘날의 21세기는 전문가의 시대를 넘어 통합 또는 융합의 시대다. 여기에는 창조적 사고의 정신이 밑받침되지 않고서는 새로운 가치를 생성하기 어렵다는 전망이 내재되어 있다. 인간은 무한의 상상력으로 무한한 가능성을 생산하는 존재다. 직관이나 예리한 통찰력 역시 논리를 뛰어넘는 비약적 사고를 가능하게 하는 힘이다. 우리가 배우고 경험하고 실패한 뒤의 자기 성찰도 새로운 상상의 지평으로 사람을 이끄는 중요한 계기가 되곤 한다.

새로운 프로그램 속의 비전을 유익하게 만들어 나가는 것은 상상하는 능력에 이를 다시 아름답고 편하게 접할 수 있도록 재배치하는 시각적인 디자인과 편집 능력이 필수다. 이 모두는 인간이 단순한 편리나 필요의 당위를 넘어 행복해지기 위해 갖춰가야 하는 본원적인 자질이라고 할 수 있다.

하지만 이 모든 자질과 덕목이 고정불변의 '무엇인가'를 향해 복무해야 되는 것은 아니다. 수학에서 두 직각보다 크고 네 직각보다 작은 요각이 있듯이 사람살이에도 언제나 비껴가고 숨죽이고 배려하는 사랑의 각이 있다. 거기에는 생각에 생각을 더하여 아름다움을 만들어 낼 때이다. 옳고 선하고 아름다운 것들은 서로 상호 보완될 때 더 큰 폭의 감동과 설득, 공감으로 이어질 수 있다.

아이들을 키울 때에도 특정 룰에 모든 것을 묶는 것은 비상하려는 날개를 부러뜨리는 결과를 낳기 쉽다. 상상력을 넓혀 나가는 토대는 남과 '다르게 생각하기'를 생활화하는 데서 시작된다. 과목에서 배운 것을 여러 과목 여러 분야에 응용할 수 있도록 폭을 넓혀 가기 위해서 우선 필요한 것은 각 과목 간의 담을 허무는 융합적 사고가 필요하다. 한때 통섭이니 융합이니 하는 말들이 많이 회자된 것은 모두 이런 필요에서 비롯되었다.

예술과 과학이 비각 같아 보이지만 서로 일맥상통한다.

위대한 시인과 수학자가 되려면 출렁이는 상상의 구름다리를 건너 보라고 말하고 싶다. 풍부한 상상력으로 전인 통합교육을 시켜 나간다면 더 큰 위대한 전문가가 탄생될 수 있고 새로운 세상을 맛볼 수 있으리라 생각한다. 중심과 주변, 상식과 비상식, 규범과 일탈 등의 개념적 범주들까지 더 많은 자유를 받아들이기 위해 가르치는 자나 배우는 자 모두 함께 유연한 사고에 이르러야 한다. 자유로운 사고나 남과 다른 독특하고 이상한 사고를 만나더라도 이를 수용해 줄 수 있는 사회적 환경 또한 중요한 요소들 중 하나다.

한 가지의 문제를 놓고 여러 가지로 변형해 보라는 수학자 필립 데이비스와 로이벤 허시의 말이 평범한 말 같지만 그들이 제시하는 방법은 우리의 일상생활의 모든 문제점들에 관해서도 마찬가지로 적용이 가능하다. 생각에 좋은 생각을 더한다면 문제를 추리할 수 있고 최적의 해결책을 찾을 수 있다.

아인슈타인, 벤자민 프랭클린, 레오나르도 다빈치, 파블로 피카소, 이고르 스트라빈스키, 마르셀 뒤샹, 버지니아 울프, 리처드 파인만 등 이들은 모두 창의성과 상상력이라는 범주를 제한하지 않고 마주했던 사람들이다. 여기에 레오나르도 다빈치의 상상력은 스티브 잡스의 심장으로 이어져 스마트 혁명으로 인류를 안내하게 된 것으로 유명하다.

뒤샹은 화장실 변기를 미술 전시장으로 이끌어 센세이셔널한 충격을 몰고 왔으며 이는 결국 시각 예술 전반에 개념 미술의 시대를 열었다. 피카소의 다중시선은 단초점의 소실점 원칙 즉 원근감으로 대표되던 '바라보는 풍경'을 깨뜨려 '생각이 보는' 미술의 새 지평을 열어 놓았다. 이들은 사물과 그 형상에 감춰져 있던 새로운 차원을 우리가 볼 수 있게 해 주었다. 그들은 사물을 그냥 보지 않는다. 색다른 생각으로 관찰, 추상화, 형상화, 패턴인식, 패턴형성, 유추, 감정이입, 모형 만들기, 변형 등 직관과 상상력으로 창조성 발휘에 최선을 다했기에 빛나는 이름을 갖게 되었다.

그러나 이런 유명한 인물들은 늘 상상력에 젖어 있기만 한 것은 아니다. 발상을 새롭게 하는 것은 사고의 영역에만 있는 것이 아니라 감정의 영역, 느낌의 영역, 관계방식의 다양성, 특별한 경험 등 수많은 층위에서 생겨날 수 있다. 상상력이란 이미 있는 것을 통합해서 새것으로 끌어내는 능력을 말할 때도 많다. 창의적 능력이란 말은 상식을 깨뜨리고자 하는 태도 즉 새로움에 대한 열망 혹은 열정을 말한다.

생각에 생각을 더하는 생각의 본질은 사고와 감각의 지평을 넓힌다. 생각을 더해 갈수록 미각, 촉각, 후각, 시각, 청각이 감각의 지평을 넓혀 갈 수 있다. 다시 말하면 감각들의 벽이 무너지고 색, 소리, 맛, 향, 감촉, 온도까지 연속체로 융합되는 체험은 전혀 다른 세계로 우리를 인도할 수 있다.

인류학자인 마거릿 미드 역시 현재와 과거의 문화에 있어 나타나는 예술의 공감각적 본질에 대해 같은 주장을 펴고 있다. 보는 것이 듣는 것이고 듣는 것 그리고 마시는 것이다. 타악기 연주자는 머릿속으로 지각의 세계를 창조해 낸다. 감각과 사고를 융합하는 것은 창조력이 뛰어난 사람들 사이에서 연상적 공감각만큼이나 흔한 일이다.

창의성이 뛰어난 사람일수록 여러 방식으로 감각과 인식을 결합한다. 화가인 오토 피네는 마음이 몸이고 몸은 마음속에 존재하는 것이므로 이 둘을 별개로 취급해서는 안 된다고 한다.

또한 안무가 로이 풀러는 "춤은 빛이고 색이며 동작이고 음악"이라고 했다. 또한 그것은 "관찰이고, 직관이며 최종적으로는 이해다"라고 썼다.

우리의 미래는 창조적 사고의 바탕으로 주어진 각자의 자질에 변혁적 사고를 일깨워 나아가야 하며 우리가 익히 알고 있는 선험적 경험으로 자신할 것이 아니라 가변적 실존의 경험과 상상력을 더하고 더해 융합적인 이해를 창출할 수 있어야 하겠다.